U0704637

民国首版文学经典

第七连

邱东平 著

上海科学技术文献出版社
Shanghai Scientific and Technological Literature Press

图书在版编目（CIP）数据

第七连 / 邱东平著．—上海：上海科学技术文献出版社，2014.5
（民国首版文学经典丛书）
ISBN 978-7-5439-6194-4

Ⅰ．①第⋯ Ⅱ．①邱⋯ Ⅲ．①短篇小说—小说集—中国—现代 Ⅳ．①I246.7

中国版本图书馆 CIP 数据核字（2014）第 030282 号

责任编辑：张 树 于玲玲
封面设计：周 婧

第 七 连
邱东平 著
出版发行：上海科学技术文献出版社
地 址：上海市长乐路 746 号
邮政编码：200040
经 销：全国新华书店
印 刷：上海中华商务联合印刷有限公司
开 本：850×1168 1/32
印 张：6.625
版 次：2014 年 5 月第 1 版 2014 年 11 月第 2 次印刷
书 号：ISBN 978-7-5439-6194-4
定 价：38.00 元
http://www.sstlp.com

出版說明

民國時期雖只有短短三十幾年，却在中國歷史上擁有極重要的地位。隨着地理封閉格局的打破，社會制度的轉型，思想束縛的解放，社會的文化和學術也開始了古今中西新舊融合創新的歷史過程，迎來一個百家争勝、异彩紛呈的局面，直接表現便是名家輩出、佳作迭現，且其視野之開闊、學識之淵博、影響之深遠，爲前代所不及，亦爲後人所難達。

有鑒于此，我們從民國時期的經典著作中精選一批，以“民國首版經典叢書”之名將其影印出版。第一輯共收羅了三十四種著作，合三十册，分爲“學術”和“文學”兩部分。其中，“民國首版學術經典”包括梁啓超《清代學術概論》、舒新城編《近代中國留學史》、王孝通《中國商業史》、胡樸安《中國文字學史》、李長傅《中國殖民史》、姚名達《中國目録學史》、吕思勉《歷史研究法》與《中國文字變遷考》（合一册）、胡適《五十年來中國之文學》與劉師培《論文雜記》（合一册）、吕思勉《理學綱要》、吕思勉《白話本國史》、柳亞子等編《蘇曼殊年譜及其他》、顧頡剛編著《妙峰山》等。

這些出自名家之手的著作，或爲開一代風氣的創新之作，如舒新城的《近代中國留學史》，是近代第一部研究留學問題的專著，奠定了留學史研究的根基，也是研究有關中國留學歷史的必讀書目之一；如吕思勉的《白話本國史》，既是他的成名作，也是中國歷史上第一部用白話文寫成的中國通史；或爲總結先賢、啓發後來的集大成之作，如梁啓超的《清代學術概論》，這是一部闡述清代學術思潮源頭及其流變的經典著作，也是梁啓超的代表性作品之一，將清代學術從時代思潮的角度劃分爲四個時期，并對每個時期作了簡要而中肯的評介，精辟分析了各個時期及其代表人物的成就與不足，一經問世即受到讀者歡迎，并成爲一代又一代青年學子的入門必讀書；再如胡適的《五十年來中國之文學》，從古文的末路、古文學的新變、白話小説的發達及缺點、文學革命這幾個方面再現這五十年的文學，在傳承舊學的同時更開新路，爲文學變革鋪墊、利導。

“民國首版文學經典”則包括黎錦暉編《留歐外史（第一集上編）》、朱湘《石門集》、邱東平《火災》、王實味《休息》與歐陽山等《給予者》（合一册）、徐志摩《徐志摩選集》、邱東平《第七連》、蕭紅《生死場》、張資平《紅霧》、張資平《飛絮》、陳夢家編《新月詩選》、徐志摩《雲游》與《志摩的詩》（合一册）、弘一大師紀念會編《弘一大師永懷録》、葉靈鳳《紅的天使》、朱自清等《我們的六月》、《魯迅傑作選》、郁達夫《迷羊》、胡適《胡適留學日記》、葉靈鳳《未完的懺悔録》等。

文學爲人民群衆喜聞樂見之事，其影響既遠且廣。叢書中所收，不乏當時的“暢銷書”，如蕭紅的《生死場》，甫一出版便轟動當時文壇；如張資平創作的言情小説《紅霧》、《飛絮》等，一版再版，暢銷多年；同時還有不少品種是現今流傳較少，甚至是建國後第一次影印出版的，如弘一大師紀念會所編《弘一大師永懷録》，該書于大師圓寂一周年時出版，當時僅印發一千册；如黎錦暉編《留歐外史（第一輯上編）》，一九二八年首版發行，建國後一直没有再版，已很難找到。

綜上，“民國首版經典叢書”内容包羅萬象，涵蓋詩歌、小説、散文、紀實文學、史學研究、理學、文學研究等方方面面，所選皆出自名家、大家之手，或爲各學科奠基之作，或爲集大成之經典，或爲震動當時、影響深遠的傳誦之作，其中不乏流傳很少、極難覓尋的孤本，我們苦心孤詣，找尋到這些經典著作的初版本，原版影印，精裝制作，以饗讀者。

編　者

二零一四年二月

第七連

東平

2

七月新叢

Arthur Rackham

七月新叢

胡風編

第七連

東平

希望社

題記

我得到了東平死在敵人底機關槍下面的消息，大概是在前年的秋間或秋冬之交罷，但無從知道他殉國的確切的日期。想來總在那一年的春間或夏間，因爲，隔着敵人底重重封鎖線，信息至少總要兩三個月才能夠傳到的。那麼，算起來快要滿兩個年頭了。在這將近兩年的時間里面，在後方，除了幾個朋友底幾篇短文，我們沒有替他舉行過什麼紀念，因而就有熟識的或友未見面的人發出過嘆息的聲音。

但他底純鋼似的鬥志活在戰友們底心里，他底在創作上的英雄的聲音活在眞誠的作家和讀者們底心里，要說他底精神已和我們遠離或者死去，那是決不會有的事情。

不過，在將近兩年的這期間里面，我們沒有能夠把已經成了新文學底財產的他底作品重印給讀者，使他底精神更廣地成爲開花結果的種子，這却是非常內疚的。在去年五月中旬，我就接到過「一羣讀者」底要求重印他底作品的來信，這封信一直夾在我底扎記本子里面，有如在東平底戰死所給我底傷口上另又打下了的一根鐵刺。

現在，我將要辭別這座大城而去了，這一個願心非趕快了結不可。於是，從他底第二個集子删去兩篇，再從第一個集子選出五篇加入，編成了這一本。要把他底全部作品一齊排印，不但在條件上不可能，而且事實上也做不到。零散發表的文章不必說了，就是第三個集子和死前完成了的一個長篇，現在是無論如何也無法求得的。東平爲它戰鬥，爲它獻命了的祖國底明天終於將要到來，那一天也就是東平在全貌上和讀者見面的一天罷。現在只能送出這樣的一本，我想東平自己和讀者諸君都能給我原諒的。

而現在的這一本，在斤兩上又何嘗輕？展開它，我們就像面對着一座晶鋼的作者底雕像，在他底燦爛的反射里面，我們底面前出現了在這個偉大的時代受難的以及神似地躍進的一羣生靈。暫時只送出這樣的一本，雖然對不住東平自己，但却決不會對不住讀者諸君的。

在第二個集子前面，我曾寫了一則「小引」，那結尾是，「希望這個集子能夠傳到他底手里，並祝福他底健鬥和平安。」但現在，我已失掉能夠透露這樣的心緒的幸福了。

一九四三年，一月十六夜，于桂林之聽詩齋。

胡風

東平短篇小說集

目次

Ⅱ

第七連

——記第七連連長丘俊談話

我們是……第七連。我是本連的連長。

我們原是中央軍校廣州分校的學生；此次被派出一百五十人，這一百五十人要算是八・一三戰事爆發前被派出的第一批 我便是其中的一個。

在羅店担任作戰的××軍因爲有三分之二的幹部遭了傷亡，陳誠將軍拍電報到我們廣州分校要求撥給他一百五十個幹部。我們就是這樣被派出的。

我了解這次戰爭的嚴重性。我這一去是并不預備囘來的。

我的姪兒在廣州華夏中學讀書，臨行的時候他送給我一個黑皮的匾囊。他說：

——這圖囊去的時候是裝地圖，文件。回來的時候裝什麼呢？我要你裝三件東西 敵人的骨頭，敵人的旗子，敵人的機關槍的零件。

他要把這個規約寫在圖囊上面，但嫌字太多，只得簡單地說着。

——請你記住我送給你這個圖囊的用意吧！

我覺得好笑。我想，到了什麼時候，這個圖囊就要見到一個意想不到的場面，它也許給抛在小河邊或田野上……

一種不必要的情感牽累着我 我除了明白自己這時候必須戰鬥之外，對於戰鬥的恐怖有着非常複雜的想像。這使我覺得驚異，我漸漸懷疑自己，是不是所有的同學中最胆怯的一個。我是否能夠在火綫上作起戰來呢？我時時對自己這樣考驗着。

我們第七連全是老兵，但幷不是本連原來的老兵。原來的老兵大概都沒有了，他們都是從別的被擊潰了的隊伍收容過來的。我們所用的槍械幾乎全是從死去的同伴的手里接收過來的。我們全連只配備了兩架重機關槍，其餘都是步槍，而支援我們的砲兵一個也沒有。

我們的團長是法國留學生，在法國學陸軍回來的。瘦長的個子，活潑而又精警，態度和靄，說話很有道理，不像普通的以暴戾，愁苦的臭面孔統率下屬的魯莽軍人，但他幷沒有留存半點不必要的書生氣概，如果有，我也不怎麼覺得。我自己是一個學生，我要求人與人之間的較高的理性生活，我們的團長無疑的這一點是切合我的理想的。我對他很信仰。

有一次他對我們全營的官兵訓話。當他的話說完了的時候，突然叫我出來向大家說話。我知道他有意要試驗我，心里有點着慌，但不能逃避這個試驗。——這一次我的話說得特別好。普通話我用得很流暢。團長臨走的時候和我熱烈地握手。他低聲地對我說：

——我決定提昇你做第七連的連長。

這之前，我還是負責整頓隊伍的一個普通教練官。

從崛山出發之後，我開始走上了一條嚴肅，奇異的路程。在錢門塘附近的小河流的岸邊，我們的隊伍的前頭出現了一個年輕，貌美，穿綠袍子的女人。我對所有的弟兄們說：

——停止。我們在這里歇一歇吧……

排長陳偉英偷偷地問我：

——爲什麼要歇一歇呢？追上去，我們和她幷肩的走，爲什麼不好？

——這是我自己的哲學，我說；我現在一碰到漂亮的女人都要避開，因爲她要引動我想起了許多不必要而且有害的想頭，……

我們的特務長從太倉帶來了一個留聲機，我叫他把這留聲機交給我，我把所有的膠片完全毀壞。因爲我連音樂也怕聽。

我非常小心地在修築我自己的道路，正如斬荊棘鋪石塊似的，——爲了要使自己能夠成功爲一個像樣的戰鬥員，能夠在這嚴重的陣地上站得牢，我處處防備着感情的毒害。

有一禮拜的時間，我們的駐地在羅店西面徐家行一帶的小村莊里。整天到晚沒有停止的砲聲使我的耳朵陷入了半聾的狀態，我彷彿覺得自己是處在一個非常熱鬧，非常嘈雜的街市里面。——我參加過一•二八的戰爭，一•二八的砲火在我心中已經遠了，淡了，現在又和它重見於這離去了很久的吳越平原上。我彷彿記不起它，不認識它，它用那種震天動地的音響開闢了一個世界，一個神祕的，可怕的世界，使我深深地沉入了憂愁，這世界，對於我幾乎完全的不可理解，……

十月十八日的晚上，下着微雨，天很快就黑下來，我們沿着小河流的岸畔走，像在蛇的背脊上行走似的，很滑，有些人已經跌在泥濘里。我們有了新的任務，經過嘉定，趁小火輪拖的木艇向南翔方面推進。……二十日下午，我們在南翔東面相距約三十里的洛陽橋地方構築陣地。

密集不斷的砲聲，沉重的飛機聲和炸彈聲使我重新熟習了這過去很久的戰鬥生活。繁重的職務使我驅除了懼怕的心理。

排長陳偉英，那個經戰陣的廣東人告訴我：

——恐怖是在想像中才有的，在深夜中想像的恐怖和在白天里想像的完全兩樣。一旦身歷其境，所謂恐怖者都不是原來的想像中所有，恐怖變成沒有恐怖。

二十日以後，我們開始沒有飯吃了。火伕雖然照舊在每晚十點鐘左右送飯，但已無飯可送。我們吃的是一些又黑又硬的炒米，弟兄們在吃田里的黃菲子和葵瓜子。

老百姓都走光了。他們是預備回來的，把糧食和貴重些的用物都埋在地下。爲了要消滅不利於戰鬥的陣地前面的死角，我們拆了不少的房子。有一次我們在地里掘出了三個火腿。

吃飯，這時候幾乎成爲和生活完全無關的一回事。我在一個禮拜的時間中完全斷絕了大便，小便少到只有兩滴，顏色和醬油無二樣。我不會覺得肚餓，我只反問自己，到底成不成爲一個戰鬥員，當不當得起一個排長，能不能達成戰鬥的任務？

任務佔據了我生命的全部，我不懂得怎樣是勇敢，怎樣是懦怯 我只記得任務，除了任務，一切都與我無關。

我們的工事還沒有完成，我們的隊伍已開始有了傷亡。傳令兵告訴我：

——連長，又有一個弟兄死了。

我本已知道死亡毫無足怕，但傳令兵這一類的報告却很有擾亂軍心的作用。我屢次告誡那傳令兵。

——不要多說。爲了戰鬥，等一等我們大家都要和他一樣。

兩個班長都死了。剩下來的一個班長又在左臂上受了傷。

我下條子叫一等兵翁泉担任代理班長，帶這條子去的傳令兵剛剛囘來，就有第二個傳令兵隨着他的背後走到我的面前說：

——代理班長也打死了。

三天之後 我們全連長約八百米噠的陣地大體已算完成，但還太淺，缺少交通壕，又不夠寬，只有七十生的左右，兩個人來往，當挨身的時候必須一個跳出壕外。

這已經是十月二十三的晚上了。

雨繼續在下着，還未完成的壕溝裝滿了水，兵士們疲勞的身體再也不能支持，鏟子和鐵鍬都變得鈍而無力。有一半的工事是依附着竹林構築起來的，橫行地下的竹根常常絆落了兵士們手中的鏟子。中夜十二點左右，我在前綫的壕溝里作一回總檢閱，發現所有的排長和兵士都在壕溝裏睡着了。

我一點也不慌亂。我決定給他們熟睡三十分鐘的時間。

三十分鐘過後　我一個一個的搖醒他們，攙起他們。他們一個個都混得滿身的泥土，而且一個個都變成了死的泥人，我能夠把他們搖醒，攙起的只有一半。

二十四日正午　我們的第一綫宣告全滅，砲火繼續着掩沒了第二綫。——我們是第三綫　眼看着六百米突外的第二綫（現在正是第一綫）在敵人的猛烈的砲火下崩陷下來。失去了戰鬥的散兵在我們的前後左右結集着。敵人的砲兵的射擊是驚人的準確，砲彈像一羣附有性靈的，活動的魔鬼，緊緊地，毫不放鬆地在我們的潰兵的背後尾隨着，追逐着。丟開了武器，帶着滿身的鮮血和污泥的兵士像瘋狂的狠似的在濃黑的火烟中流竄着。敵人的砲火是威猛的，當它造成了陣地的恐怖，迫使我們第一綫的軍士不能不可悲地，狼狽地潰敗下來，而構成我們從未見過的非常驚人的畫面的時候，就顯得尤其威猛。它不但擾亂我們的軍心，簡直要把我們的軍心完全攫奪，我想，不必等敵人的砲火來殲滅我們，單是這驚人的情景就可以瓦解我們的戰鬥力。

恐怖就在這時候到臨了我的身上，這之後，我再也見不到恐怖。我命令弟兄們把所有結集在我們陣地上的潰兵全都趕走，把我們的陣地弄得整肅，乾淨，以等待戰鬥的到臨。

大約過了三個鐘頭的樣子　我們的陣地已經從這紛亂可怖的情景中救出了。我們陣地前後左右的潰兵都撤退完了，而正式的戰鬥竟使我的靈魂由惶急而漸趨安靜。

我計算着這難以挨煞的時間，我預想着當猛烈的砲火停止之後，敵人的步兵將依據怎樣的姿態出現。

砲火終於停止了。

一架敵人的偵察機在我們的頭上作着低飛，不時把機身傾側，驕縱成性的飛行士也不用望遠鏡，他在機上探出頭來，對於我們的射擊毫不介意。

飛機偵察過之後，我們發見先前放棄了的第二綫的陣地上出現了五個敵人的斥候兵。一面日本旗子插在麥田上，十一年式的手提機關槍立即發出了顫動的叫鳴。

由第三排負責的營的前進陣地突然發出違反命令的舉動，——對於敵人的斥候，如果不能一舉手把他們活捉或消滅，就必須切誡自己的暴露，要把自己掩藏得無影無踪。我曾經吩咐第三排要特別注意這一點，但他們竟完全忽略了。第三排的排長的反乎理性的瘋狂行動使我除了氣得暴跳之外，簡直無計可施。這個中年的四川人太勇敢了，但他的勇敢對於我們戰鬥的任務毫無裨補，他在敵人的監視之下把重機關槍的陣地一再移動，自己的機關槍沒有發過半顆子彈，就叫他率領下的十個戰鬥兵一個個的匍伏下去。第一排的排長想率領他的一排躍出壕溝，給第三排以援助。我嚴厲地制止了。我寧願讓第三排排長所率領的十個人全數犧牲，却不能使我們全連的陣地在敵人的監視之下完全暴露。但我的計算完全地被否定了，在我們右邊的友軍，他們非分地完全躍出了戰鬥的軌道，他們毫不在意地去接受詭譎如蛇的敵人的試探，他們犯了比我們的第三排更嚴重的錯誤。爲了要對付五個敵人的斥候兵，他們動員了全綫的火力，把自己全綫的陣地完全暴露了。

敵人的猛烈的砲攻又開始了。

敵人的準確的砲彈向我們中國軍的陣地開了非常利害的玩笑。砲彈的落着點所構成的曲綫和我們的散兵溝所構成的曲綫完全一致。密集的砲火使陣地的顫動改變了方式，它再不像彈簧一樣的顫動了，它完全變成了溶液，像淵深的海似的泛起了洶湧的波濤。

我們的團長給了我一個電話機。他直接用電話對我發問：

——你能不能支持得住呢？

——支持得住的，團長。我答。

——我希望你深切地了解，這是你立功成名的時候，你必須深明大義，抱定與陣地共存亡的決心！

我彷彿覺得，我的團長是在和我的靈魂說話，他的話（依據我們中國人和鬼的通訊法）應該寫在紙上，焚化，——而我對於他的話也是從靈魂上去發生感動，我感動得幾乎掉下淚來。我不明白那幾句僵屍一樣的死的辭句爲什麼會這樣的感動我。

——團長，你放心吧！我自從穿起了軍服，就決定了一生必走的途徑 我是一個軍人，我已輕以身許給戰鬥。

於是我報告他第三排長如何違反命令的情形，他叫我立即把他槍斃。但第三排的排長已經受傷回來了，我請求團長饒恕了他。那中年的四川人掛着滿臉的鮮血躺在我的近邊，團長和我的電話中談話他完全聽見的。他以爲我就要槍斃他像一隻瘋狂的野獸似的逃走了，我以後再也沒有碰見他。

夜是人類天然的休息時間，到了夜里，敵我兩方的槍砲聲都自然的停止了。弟兄們除了一半在陣地外放哨之外，其餘的都在壕溝里熟睡起來。我的身體原來比別人好，我能夠支持五天五夜的時間在清醒中。我圍着一條軍毯，獨自個在陣地上來往，看着別的人在熟睡而我自己醒着，我感受到很大的安慰，我這時候才對自己有了深切的了解，我很可以做這些戰士們的朋友。

我的鼻管塞滿着砲煙、渾身爛泥、鞋子丟了，不曉得膠住在那處的泥醬里，只把襪子當鞋。我的袋子還有少許的炒米、但我的嘴髒得像一個屎缸，這張嘴老早就失卻了吃東西的本能，而我也不曉得這時候是否應該向嘴里送一點食品。

第二天拂曉，我們的第二排、由何博排長率領向敵人的陣地出擊。微雨停止了。曉色朦朧中我看見二十四個黑色的影子迅速地跳出了戰壕。約莫過了二十分鐘的樣子，前面發出了激烈的機關槍聲，敵人的和我們的都可以淸楚地判別出來。這槍聲一連繼續了半個鐘頭之久，我派了三次的支援兵去接應。一個傳令兵報告我排長已經被俘虜了。我覺得有些愕然，只得叫他們全退回來。

原來何博太勇敢了，到了半路，他吩咐弟兄們暫在後頭等着，自己一個人前進到相距兩百米突的地方去作試探，恰巧這時候有一小隊的敵人從右角斜向左角的友軍的陣地實行暗襲，給第二排的弟兄碰見了，立卽開起火來。但排長却還是留在敵人的陣地的背面。天亮了，排長何博不願意把自己的地位暴露，在我們的陣地前面獨戰了一天，直到晚上我們全綫退卻的時候方才回來。他已經傷了左手的手掌，我和他重見的地點是在南昌陸象山路六眼井的一個臨時醫院里。因爲我也是在這天受了傷的。

這天的戰況是這樣的。

從上午八點起，敵人對我們開始了正面的總攻。這次總攻的砲火的猛烈是空前的，我們伏在壕溝里，咬緊着牙關，忍熬這不能抵禦的砲火的重壓。對於自己的生命，起初是用一個月，一個禮拜來計算，慢慢的用一天，用一個鐘頭，用一秒，現在是用秒的千分之一的時間。

「與陣地共存亡」。我很冷靜，我刻刻的防備着，恐怕會上這句話的當。我覺得這句話非常錯誤，中國軍的將官最喜歡說這句話，我本來很了解這句話的神聖的意義，但我還是恐怕自己會受這句話的愚弄，人的「存」和「亡」，在這里都不成問題，而對於陣地的據守，却是超越了人的「存」「亡」的又一回事。

我這時候的心境是悲苦的，我哀切地盼望在敵人的無敵的砲火之下，我們的弟兄還能留存了五分之一的人數，而我自己，第七連的靈魂，必須還是活的，我必須親眼看到一幅比一切都鮮麗的畫景：我們中華民國的勇士，如何從毀壞不堪的壕溝里躍出，如何在陣地的前面去迎接敵人的鮮麗的畫景。

但敵人的猛烈的砲火已擊潰了右側方的友軍的陣地。

我們出擊了，我們，零丁地剩下了的能夠動員的二十五個，像發瘋了似的暈濛地，懵懂地在砲火的濃黑的烟幕中尋覓着，我清楚地瞧見，隔着一條小河，和我們相距約二十米突的地方，有一大隊的敵人像潮水似的向着我們右側被沖破了的缺口湧進，他們有一大半是北方人，大叫着「殺呀！——殺呀！」用了非常笨重，愚蠢的聲音。挺着刺刀，彎着兩股。

我立刻一個人衝到我們陣地的右端，這裏有一架重機關槍，叫這重機關槍立卽快放。

這重機關槍吝嗇地響了五發左右就不再繼續——壞了。

那射擊手簡單地說着、隨卽拿起了一枝步槍，對着那密集的目標作個別的瞄準射擊。

我們一齊地對那密集的目標放牌樓火。但敵人的强大的壓迫使我們又退回了原來的壕溝。

右側方的陣地是無望了，我決定把我們的陣地當作一個據點而守下去，因此我在萬分的危殆中開始整頓我們的殘破的陣容。而我們左側方的友軍，却誤會我們的陣地已經被敵人佔領，用密集的火力對我們的背後射擊。爲了要聯絡左側方的友軍，我自己不能不從陣地的右端向左端移動。

這時候，我們的營長從地洞里爬出來了。他只是從電話聽取我的報告，還不曾看到這陣地成了個什麼樣子。他的黧黑的面孔顯得非常愁苦。他好像從睡夢里初醒似的爬出來了，對我用力地揮手。一顆子彈射中了他的左脚，他嗆咳了兩聲就倒下了。

敵人的砲口已經對我們直接瞄準了，從砲口衝出的火焰可以淸楚地瞧見着。我開始在破爛不堪的陣地上向左躍進，第二次剛剛抬起頭來，一顆砲彈就落在我的身邊。我只聽見頭上的鋼帽噹的響了一聲，接着暈沉了約莫十五分鐘之久。

我是決定在重傷的時候自殺的，但後來竟沒有自殺　我叫兩個弟兄把我拖走，他們拖了好久，還不曾使我移動一步。這時候我突然發覺自己還有一付健全的腿　自己還可以走的。我傷在左頸，左手和左眼皮，鮮紅的血把半邊的軍服淋得透溼。

當我離開那險惡的陣地的時候，我猛然記起了兩件事。

第一，我曾經叫我的勤務兵在陣地上拾槍，我看他已拾了一大堆槍，他退下來沒有呢？那一大堆的槍呢？

第二，我的黑皮圖囊，我在壕溝里曾經用它來墊坐，後來丟在壕溝里。記得特務長問我：

——連長，這皮袋要不要呢？

我看他似乎有「如果不要，我就拿走」的意思，覺得那圖囊可愛起來，重新把它背在身上。

不錯，現在這圖囊還在我的身邊。

一九三七年，十二月，二十一日，漢口。

我們在那裏打了敗戰

——江陰砲台的一員守將方叔洪上校的戰鬥遭遇

我們在那里打了敗戰。這是一個沉痛，羞辱的紀念。

在這次戰役中，我的部下，我的朋友，我認識他們的，和他們共同甘苦的、在一個陣地上共同作戰的，他們，可以說有百分之九十五都戰死了。我不能看見他們的壯烈的犧牲而一無所動。而可恨的是我們并不曾從這犧牲中去取得更高的代價。——請作個計算吧，我們得到了什麼呢？我們能夠在江陰砲台守了多少日子呢？我們對於東戰場整個危殆的戰局盡了挽救的責任沒有呢？并且，我們在對敵人的反攻中曾經把戰鬥力發揮到最高度沒有呢？

慚愧、悲憤，不是一個真能戰鬥的戰士的態度。勝利或失敗，全是力與力的對比——一切且由歷史去判決吧！我們的戰鬥不斷的繼續着，而我們的歷史也正在不斷的書寫着，我們，中華民族，如果在和日本帝國主義的對比下完全失敗了，那麼，歷史的判決是公平的，我只能對着這判決俯首，緘默。……

一九三七年十一月中旬，當蘇州，無錫相繼失陷之後，我們從隔江的靖江開到江陰來了。我們以三天的工夫渡江完畢，在江陰的西南至東南，沿夏港鎮，五里亭，青山，南閘鎮，花山，板橋鎮至起山斷山之線，構築環形陣地。這個環形的起點是在江邊，終點也在江邊。我們的退路是在大江，即是說，如果一旦支持不住，我們只好一個個沉進大江里去。我們對着那長驅直進，勢如破竹的勁敵作這個背水陣，——看吧，我們準備已久的唯一的江陰砲台，是有資格作這個背水陣的，……我們很英豪麼？老實說吧，我們除了不死的靈魂之外，其他可以說一無所有。

向着南閘鎮以南的上空望去，相距約二十公里遠，敵人放上了一個灰色的系流氣球。我們的敵人是何等强暴，何等精密，他們小心地偵察我們，試探我們，雖然已猜中我們是甕中之鱉，而他們還是一分一寸的前進，進一個村子，燒殺一個村子，計算一個村子。

不過這其間，敵人的二千磅的飛機炸彈卻已使我們頻頻地陷入於苦境。

花山前線的我軍在十一月二十六日就開始和敵人接觸了。二十七日晨六時三十分，我奉命派一營向花山的陣地出動，驅逐一部份由花山左翼繞向南花山咀進襲的敵人。

營長孟廣昌臨行的時候對我說，

——只有這一次了，這一次無論戰勝戰敗，恐怕都不能生還。……我們的戰鬥員對于戰鬥毫無過分的奢望，一種强大的洋溢的雄心也只能限於一次的使用。

我緊握着孟營長的手這樣對他說，

——同志，早些出動吧！那麼，就是這個時候了。……

所有的兵士們都聽見了。我的發言力求沉着而堅定，決不使我們的伙伴在顏色之間現出任何激動。他們一個個都掛着鐵的臉孔 我一伸手可以觸摸着他們旺盛如火的抗戰熱情。但我們之間已經神會意達了。我們凜然地，然而微笑地接受這嚴重，神聖的任務的降臨。

在花山的陣地上據守的原是友軍許團的隊伍 在二十六日最初的然而很猛烈的戰鬥中他們失去了花山兩個山頭，敵人幾乎佔領了花山陣地的全部。孟廣昌眞能遂行他們的任務，他們驅逐了南花山咀的敵人，自動把花山的陣地完全克服。而與花山相毗鄰的南閘鎮的友軍在敵人的壓迫之下却已經把南閘鎮的陣地拋掉了。沿着從無錫至江陰的公路向南閘鎮進襲的敵人是敵人的強大的主力。

十一月二十八日的夜是一個深沉的，漆黑的夜 夜的黑暗包圍着我們，使我們深深地意識着處境的嚴重而陷於寂寞和孤獨。砲彈在空中掠過，彷彿有無數鬼魂追隨着他的背後，激發而緊張的聲音久久不歇地震擊着甯靜的四週。

我們，是兩個營 由我親自帶領，向南閘鎮的東邊進行夜襲。——下半夜四點了。敵人對於我們的進襲毫無戒備，在一座新建的平房的門前，我們奇蹟地發見了一簇黯弱的火光。它在那新的白色的牆上作着反射；像一道污濁的河水使我們的目光陷於迷亂。五分鐘之後，我們從一條田塍越過了又一條田塍，癡情地，戀戀不捨地接受那火光的誘惑。這樣一直都了然了，原來有六個敵人的哨兵，正圍在那平房的門前烤火。

由韓營長所率領的第四連的兄弟一齊地對那浮動在火光中的黑影發射了猛烈的排槍。我們把一營的陣線特別的縮小，像一枝槍刺似的直入敵人的腹部，以消毀敵人固有的強暴和威猛。第四連的兄弟迅急地向那平房的前面躍進，他們把握住一個時機，一點餘裕，在倏忽的一瞬中把自己所發射的火力一再提高，使從那平房的側門湧出的敵人一個個倒仆下去，一個個沉入了憂愁的夢境。

於是激烈的戰鬥開始了……

從左側邊高起的河岸上發出的機關槍幾乎把我們的勝利的第四連完全吞沒，——這一陣猛烈的機關槍發射之後，我們的陣地短暫地沉默下來，淸楚地聽見全南關鎮四週的敵人像突發的山洪似的湧動着。從敵人的陣綫里發出的喊聲長綿地，可怕地把我們環圍着，遮蓋着。坦克車故意把我們兜弄着似的從遠遠的地方沉重地吼叫起來，又從遠遠的地方消失了去。

我們動搖下來了。

在南關鎮北面和敵人對壘的友軍和我們失了聯絡，自動向北撤退，敵人因而得以從南關鎮的北邊開出，爆破東北邊的一條橋樑，使我們除了在他們正面的壓迫下宣告潰敗之外再無進取的路徑。當我們第九連的一部份正向着這橋樑突進的時候，敵人把這條橋樑爆破了，這橋樑就是這樣的埋葬了他們。

排長賈鳳麟，由一個上等兵作着隨伴，在追襲一個奪路而走的敵人。而他們的背後，是敵人的機關槍的子彈在緊緊的追躡着。那個上等兵走在他底前頭，挺着雪亮的刺刀，把奪路而走的敵人控制在自己的威力內，以施行最直截的劈刺。

當他的刺刀的端末正和敵人開始接近的當兒，敵人的機關槍射中了他的胸脯，他倒下了。排長賈鳳麟彷彿對於那獵取物的偶然的幸運發出微笑，他追上了他，一下刺刀把他結果了，而敵人的機關槍又繼着擊倒了他，……

排長蔣秀，當敵人的坦克車衝來的時候，他迅速地和坦克車接近起來。他攀附着坦克車的鐵輪，用駁壳槍對着車上的展望孔射擊，而卒至給鐵輪帶進了車底，輾成肉醬，……

我們一連衝鋒了兩次，兩次的衝鋒都遭了失敗。天亮了，敵人開始了砲擊，密集的砲彈把我們的右翼的戰士完全驅進了死亡的墓門，我們卻不能不在這艱苦危境展開第三次的激烈的戰鬥。——由中校團附所帶領的五十多人的殘餘隊伍，迅氣地參入了敵人的隊伍里面，和敵人作直截的白兵戰。連長馮德宣還帶領着他的完整的一排，在突進中過一條小河，不幸在河里淹死了。而中校團附宋永慶也正在這時候負了重傷。

戰鬥一直繼續了六個鐘頭。到了正午，我們兩營的官兵死傷了五分之三，再不能支持了，只好退回了五里亭本陣地。

從這次戰鬥中，我們奪得了許多戰利品：旗子，機關槍。有一件從敵人的死尸上剝下來的中將的絨外套，這外套的肩章上有兩粒金星，金星因爲舊了，顯得黯淡無光，我們斷定它的資格已經老了。一把柄上刻着富士山的軍刀，一枝寫着「河田原」字樣的旗子。我們推測這「河田原」就是那打死了的師團長的名字下午，有一架敵人的紅色的小飛機在南閘鎮南邊的公路上下降，一下子又飛去了，也許這飛機是載新師團長來的，去的時候還可以載回那戰死了的師團長的尸首。

南閘鎮失去了。和南閘鎮失去的同一天，花山也失去了。敵人這一天的總攻是把花山也劃在里面。孟廣昌營長戰死了，他的一營幾乎全都遭了傷亡。

從二十八至三十，這三日中敵人的進攻繼續不斷。

十二月一日拂曉，敵人沿着從南閘鎮至江陰的公路，對江陰作最猛烈的進攻。由小笠山至青山之綫，也開始了激烈的戰鬥。小笠山和青山都失去了，戰鬥又迫臨到我們這一關的身邊，我們這敗殘下來的零星的隊伍又給捲入了砲火的漩渦。

下午六時，敵人衝入了江陰的南關，西郊和東郊一帶都相繼淪陷了，而君山的要塞砲台也落於敵手。

當我聽到君山砲台失去的時候，我猛然地記起了那擺在砲台上的要塞砲。這要塞砲到底開過了沒有呢？曾不曾擊沉了敵人的一條砲艦？

就在十二月二日的夜里，我們突圍了。我們沿着江濱衝出，還不曾到鎮江，鎮江已經失守。

到達南京的時候，我們一共只存了四十六人。

一九三八，一，六，漢口。

我認識了這樣的敵人

——難民W女士的一段經歷

一九三七年八月十一日起以後的三日中，上海的緊張局面似乎爲了不能衝出最高點的頂點而陷入了痛苦、弛緩的狀態。十一日午後半日之內，開入黃浦江內的敵艦有十四艘之多，什麼由良號，鬼怒號，名取號，川內號，報紙上登載着的消息說是現在停泊於上海的敵艦已經有三十多艘了，以後還要陸續開來。十一日晚上，又有三千多名的陸戰隊由匯山碼頭，黃浦碼頭先後登陸，顯然是大戰前夜的情勢了。而我們却爲了三次的搬家弄得頭暈眼花，對這日漸明朗的局面反而認不清楚。我們，我的表姊，我的表姊的姑母，和我，三個人閒適地，毫不嚴重地搬到法租界金神父路羣賢別墅的一位親戚的家里來，也不帶行李，好像過大節日的時候到親戚的家里去閒逛似的，一點逃難的氣味也沒有。這是我們第一次的搬家。這位親戚的家里已經給從閘北方面遷來的朋友擠得滿滿的了。我們連坐的地方也沒有。那天晚上睡在很髒的地板上，一夜不曾入眠。第二天我們搬到麥琪路來，是用五塊錢租得的一個又小又熱的亭子間。住在這亭子間里還不到半天，不想我們的二房東爲了貪得高價而勾上了一個新住客，吃了我們一塊定錢，迫使我們立刻滾蛋。我和這位不要臉的房東吵了整整三個鐘頭。結果我們暫時遷入了虞治卿路的一個小旅館里，我的表姊的姑母已經不勝其疲困而患了劇烈的牙痛病。

這已經是十三日的早上了。

我們起得特別早。其實我三天來晚上都沒有好睡，睡着了却又爲紛亂，煩苦的惡夢所糾纏，沒有好睡過，我厭惡這小旅館，這小旅館又髒又臭。天還沒有亮，我就催我的表姊和那位老人家起牀了。連日的疲困叫她們無靈魂地聽從我的擺佈。我叫了兩輛黃包車，我和表姐坐一輛，姑母坐一輛。

姑母的牙痛似乎轉好些了。她莫名其妙地問我：

——天亮了嗎？

我胡里胡塗地囘答，

——天亮了，却下了大霧。

這樣我們匆匆地囘到東寶興路自己的家里來了 我們竟是盲目地投入那嚴重的火窩。

姑母年老了，她的牙痛病確實也大劇烈，囘到家里，已經不能動彈。

表姊的丈夫是一個船員，還不到二十七歲就在海外病死了，她不幸做了一個年青的寡婦。

在一間陰黯潮濕的樓下的客堂間里，表姐獨自個默默地 不聲不響地在弄早飯。姑母在那黝黑的樓梯脚的角落里睡着，也不呻吟，大概是睡着了。她們都變成了這麼的灰暗，無生氣的人物，彷彿任何時候都可以取消自己的存在，她們確實是有意地在躲避這種生的煩擾，正在迫切地要求着得到一點安甯。

同屋的人全搬走了，二樓、三樓，亭子間都已經空無所有。漸漸的我發覺我們整個弄堂的人都走光了，從那隨便開着的玻璃窗望進去，都是空屋，平常這時候弄堂里正有洗馬桶的聲音，以及叢溺的臭氣在宣騰，現在都歸於沉寂。如果我聽不到自己在地板上走的脚步聲，我會疑心這里是一個死的荒塚。

我獨自爬上了三樓的晒台上，接觸到那蔚藍，寬宏的天體，——從那龐大，複雜的市塵里昇騰起來暈濁的烟幕，沉重地緊厭着低空。從英租界，法租界發出的人物，車馬的噪音隱隱地鼓盪着耳鼓。我輕鬆地嘆了一口氣，我知道上海還有一個繁華，熱鬧的世界，我覺得自己還是這可厭然而可愛的人世的近鄰，我幾得了我的自由，我應該不要求任何救助。

我竟然歡喜得突跳起來，因爲我發見和我們相隔不過兩幢屋的新建的紅色的樓房上　我的朋友還在住着。

她名叫鄭文，是我在復旦大學的一位同學。我不是大學生，却曾在復旦大學住過一下子。我在一九三五年加入了復旦大學的暑期班，選的學科是歐洲近百年史和英國文學，担任我們的功課的是那個像傷感女人一樣時時頻蹙着臉的漂亮的余楠秋教授，考試的時候，我　了一個F。余楠秋教授在講台上羞辱我說，我自從當教授到現在還沒有見過一個學生得到F的云云，却不把我的名字宣佈，似乎還特別地姑息我。我覺得很難爲情，一個暑期還沒有唸完就自告退學了。鄭文女士就是我在暑期班里的朋友。

她是一個湖南人，年輕而貌美，弄的北歐文學，對易卜生和托爾斯泰很有研究，有一種深沉，凜肅，聰慧的氣質，絕不是平常所見的輕蕩，浮華，嘻皮笑臉，整日里嘻嘻的笑不絕口的女友。她曾經祕密地作了不少的詩文，她的深刻，沉重的文字是我所愛讀的。

她今年已經二十三歲了。她有着甜密，寧靜，不受波折的戀愛生活，一個禮拜前正和她的滿意的對手結了婚。她的對手是一個軍官學校出身，後來離開了軍隊生活，從事實業活動的英俊的男子。他每月有一百八十元的收入，他們的小家庭是那樣的快樂，新鮮。我從玻璃窗望見他們的華麗的客廳，電燈還在亮着。那高高的男子穿着黑絨的西裝，梳亮着頭髮，默默地在那客廳里亂踱着，眼睛望着地板，兩頰發出光澤，不時的隨手在桌上拿了一本書翻了翻，顯見得文弱，胆怯，不像一個軍人，我越多看他一次越覺得他離開軍隊生活正有着他的充分的理由。我躲在晒台的牆頭邊，像一個偵探兵似的有計劃的窺探着他。他的煩惱，沉鬱的樣子每每使我動起了憐憫。記得有一次，他帶着他的新夫人和我到亞爾培路中央運動場去看回力球，在法租界的靜寂的馬路上，在無限柔媚的晚涼中，他左邊伴鄭文右邊伴着我，我們手拉着手的走，他的溫厚和靄的態度在我的心中留上了異乎往常的新鮮的印象，我好像以前并不和他熟習，正在這一晚最初第一次遇見他一樣。這一晚他很興奮，回來的時候，在汽車里他告訴我們他在軍隊里的許多新奇的故事，倚着我的身邊劇烈地發出笑聲，竟至露出了他的一副整齊得，美麗得無可比倫的牙齒。

表姊的早飯弄好了，我打算吃完早飯之後，就去找鄭文，她們那邊有許許多多的新消息，她們會使我的慌亂的情緒得到安靜。我一看到他們就已經有很大的安慰了。我想，我爲什麼這樣大驚小怪呢？鄭文仙們還沒有走，閘北、虹口的恐慌局面全是我們中國市民的庸人自擾。

九點鐘過去了，早飯還沒有開始用，馬路上突然傳來了隱約的槍聲。

我敏感地對表姐說：

——不好了，中國軍和日本軍開火了！

表姐沉着臉，廚房里的工作使她衣服淋濕、烟灰滿頭，她也不回答，只是對我發出詈罵。硬說我怕死，又炫耀她在二十一歲守寡。

槍聲又響了。

這回的槍聲又近又密，但是瞬息之間，這槍聲卽爲逃難的市民們驚慌的呼叫聲所掩蓋。

我非常着急，我不曉得我的表姊爲什麽要在這時候發我的脾氣，使我再不能和她心同意合地商量出一個好辦法，讓我們立刻逃出這個危境。

我搖醒姑母，她冷冷地呼我的名字，只叫我安靜些。我告訴她現在這危迫的情勢，她决不發出任何意見，彷彿現實的場面和她的距離很遠，而她却正在追尋自己的奇異的路程。

槍聲更加猛烈了。小鋼砲和手流彈作着惡聲的吼叫。而可怖的是我們近邊的一座房子突然中彈傾倒，起火的聲音。

我抛開了碗和筷子，獨自個走出門外，打算到鄭文的家里去作個探問。當我從弄堂口繞道走過了第二個弄堂，向着一條狹巷冲入的時候，我發見從西寶興路發出的機槍子彈，像奇異的蛇似的，構成了一條活躍的，惡毒的綫，又像厲害的地雷虫似的使馬路上的堅實的泥土洞穿，破碎，於是變成了一陣濃烈的烟塵，在背後緊緊地追躡着我。

鄭文的房子雖然距我們很近，却并不和我們同一個弄堂，從我們的家到她們那里，要兜了一個大大的圈子。

我不懂得我自己是從那里來的勇敢，這確然是一種盲目的勇敢，叫我陷身在危境里面，而完全地失去了警覺的本能。突然望見三個全副武裝的日本陸戰隊從我對面相距約莫五十米達的巷子里走出，黑色的影子，手里的刺刀發出雪亮的閃光。我還以爲他們是北四川路平常所見的日本陸戰隊，却不知他們像發瘋似的起了大殺戮的衝動，已經在我們的和平的市區里發動了狂暴無恥的刼掠行爲。

我慌忙地倒縮回來，——表姐像一座菩薩似的獨自個靜默地在吃飯，姑母還沒有起牀。剛才的險景使我懼怕，然而同時也使我自尊。我不曉得這時候我的面孔變青變藍，但是在我的表姐的面前半聲也不響

我迅急地走上了三樓的晒台，對淞滬鐵路一帶發出槍砲聲的地區瞭望，發現天通菴至西寶興路一帶已經陷入了砲火的漩渦，有好幾處的房子已經中彈起火，雜亂的槍砲聲正向着遠處蔓延着。

我的眼睛變得有點迷亂，那三個日本陸戰隊的影子永久在我的心中閃動着。我疑心我已經給他們瞧見了。仔細觀察一下子，我們這里四週還是安然無事，至少我們的弄堂里還沒發生任何突變。

附近的巷子里猛然發出了急激的敲門聲，我下意識地把耳朵聳高，眼睛縮小，身子和哂台上的牆頭靠緊。門聲一陣猛烈一陣。我絕望地眼看自己孤丁地，悲涼地活在這倏忽的，短暫的時間里面，在期待着最後一瞬的到臨。

——忍受着吧！忍受着吧！

我這樣打發自已，却屢次從絕望中把自己救出，覺得自己置身其中的世界還是安然得很，——這是那冗長的，不易挨煞的時間擺弄着我，過於銳敏的預感又叫我陷入無法救醒的蠢笨。

時間拖着長長的尾巴過去了，密集的槍砲聲繼續不斷。——我發見了一幅壯烈的，美麗的畫景。中國人，赤手空拳的中國人用了不可持刧的義勇，用了堅强的意志和日本瘋狗決鬥的一幅壯烈的，美麗的畫景。

可怕的突變的到臨和我們銳敏的預感互相追逐。一陣猛烈的門板的破裂聲響過之後，我淸楚地聽見，有三個人帶着狂暴的皮靴聲冲進鄭文的屋里去。鄭文怎樣呢？我對自己發問着。而殘酷的現實已經把我帶進了險惡的夢境。

三個黑色的陸戰隊。

沉重的皮靴，雪亮的刺刀。

在那幽靜的廳子里，我的朋友的丈夫，那高高的，文弱的南方人，和日本的三個全副武裝的陸戰隊發生了慘烈的搏鬥。這情景非常簡單，那南方人最初就已經為他的勁敵所擊倒了。但是他屢仆屢起，那穿着黑絨西裝的影子在我的眼中突然地擴大、在極端短暫的倏忽的時間中我清楚地認識了他抵抗着脊樑、彎着兩臂向他的勁敵猛撲的雄姿；——三個日本陸戰隊和一個中國人，他們的黑色的影子在白晝的光亮里幻夢地浮盪着，他們緊緊地紐絞在一起，那南方人的勇猛的戰鬥行為毫無遺憾地叫他們的勁敵儘管在他的身上發揮强大的威力，最後他落在勁敵的手中，——三個日本陸戰隊一同舉起了他的殘敗的身體，從窗口摔下去，那張開着的玻璃窗愕然地發出驚訝。

我的靈魂隨着那殘敗的軀體突然下墜，我不能再看這以後的場面了，我在曬台上暈迷了約莫二十分鐘之久。

晚上，約莫七點光景，我們逃走了，我們開始了這個與死亡互相搏鬥的艱險的行程。

走出了弄堂口，我們遇見了五個逃難的同胞。一個高高的中年男子，帶領着鄰居的一個小學生和三個女人。他低聲地對我

——跟着來吧！我們要三個鐘頭的時間從火線里逃出，…… 還未逃出的還多得很。……

我點頭對他道謝，又示意請他走在我們的前頭。

街燈一盞也沒有了。馬路上完全沉進了黑暗。八個人聯結着走過了一條街道，為了落地的子彈太密，我們在一處牆角邊俯伏了一個鐘頭。

我整整一天沒有吃飯，也不覺得肚餓，而且一點疲倦也沒有。我不知從那里來的機智，警覺，常常從八個人的隊伍中脫離出來，獨自個到遠遠的地方去作試探。這地方應該距北站不遠。——北站在那里卻弄不清，我們已經迷失了方向。

我記得我們是沿着一條闊大的馬路上走來的，現在却發覺這闊大的馬路已經突然中斷，它變成了一條小巷，這小巷顯然是敵我兩軍戰鬥的緊要地帶，子彈像雨點般的只管在我們的身邊猛洒着。對於這些在低空中飛舞的子彈我已經不再懼怕了，甚至忘記了它們，我知道，在最危險的一瞬中還必須確實保持我珍貴的靈魂的鎮靜，而求生的希望却愈加鼓勇着我，我的憤恨，暴烈的情緒緊張到最高度，我沒有懼怕的餘暇。一個鐘頭之後，我們離開了這個小巷，却只好循原路走回去，原路，我們剛才正嘗過了它的滋味，在那邊飛過的子彈不會比小巷里稀疏些。那麼，要怎麼辦呢？這馬路一邊是接連着的關閉了的商店，一邊是高高的圍牆。圍牆的旁邊有一枝電桿，電桿上高高地掛着一條很大的棕繩，我不曉得那棕繩掛在那里原來有何用處，我猛然地省悟到它也許可能幫助我們逃出這個險境。

那中年男子同意了我的提議，他最初緣着那棕繩攀登電桿，跨過圍牆，一面給我們後面的人作如何攀登的樣子，一面去試探。他告訴我們圍牆的那邊可以下去。

第二個也攀登上去了。

於是第三個。

第四個。

那小學生還算矯捷，他攀登得比別的人都快些——但是他像一個石塊似的跌落下來了，有一顆子彈射穿了他的頭顱。

這一顆子彈把小學生擊落下來並不是偶然的。當人緣着那棕繩攀登的時候，棕繩顯然爲遠處的兵隊所瞧見，兵隊，直到現在我還不明白他們是我們自己還是敵人，但是這棕繩現在成爲射擊的目標卻已經千眞萬確。

姑母上去了。這一次的子彈射得高些，不曾射中了她。

接着是表姐。

最後才輪到我。我發覺那棕繩已經爲子彈擊中而斷了一半，子彈還是在電桿的四週纏繞着，飛舞着。我是不是要停在圍牆這邊不走呢？爲了那棕繩，那唯一引渡我們逃出險境的橋樑將要中斷，我更不能不趕快繼續攀登，其他什麼危險也只好置之不顧。我終於也越過那圍牆的外面。

約莫是下半夜兩點鐘的時候。

除了那丟在圍牆邊的小學生之外，我們的人數幷不就剩下了七個，還要少，大概只剩下五個了，我沒有這樣的餘暇去算數他們。

從一條狹巷里走出，我們沿着一條大馬路前進，突然遇到了一個散亂的龐大的人羣，他們都是從火線上逃出的難民，原來他們在昨晚很早就到達了靶子路口，在那邊挨了整半夜，不能通過，後來受了日本兵的驅逐，又走回來了，他們之中已經有一大半受了槍傷。

表姐哭泣着，緊拉着我。阻止我的前行。

我們在這幾天之內所遭受的折磨太厲害了，在這和死亡搏鬥着的險惡的途中，我們如果稍一氣餒，就要立即遭疲憊的侵襲。我千方百計的安慰表姐，叫她順從我的意思。這時候我已經能夠辨認街道方向了，我打算向寶山路口進發，繞過北站的西邊，出麥根路。

但是我的計劃完全失敗了。

這一次和我們同行的人可多了，那個龐雜的人羣幾乎全都跟着我們走。不知怎樣，我們又迷失了方向，我們竟然向廣東路虬江路方面冲去，然後逐漸向右邊拐彎，還是到了靶子路口。

散亂的槍聲包圍在我們的四週，我知道這里的敵軍正和我們的軍隊起了戰鬥。——有一小隊的中國軍從我們的前頭向東開過，他們約莫有二十人左右，在迷濛的夜色里，他們的黑灰色的影子迅急地作着閃動。我一發現了他們，心里就立即緊張起來——他們的匆匆的行動使我不能清楚地認識他們，我只能在腦子里留存了他們一個抽象的輪廓，一個意志，一個典型。

於是急劇的變動開始了。

在我們的近邊，相距還不到五十米達，那二十多個中國軍和敵人開起火來。猛烈的槍聲叫我們這龐雜的人羣驚慌地，狼狽地向着各方面分散，這是一個嚴重的可驚的場面，除了槍聲，一切都歸於沉默。不時的只聽見我們的軍士作着簡單的尖聲的呼叫。表姐，姑母和我　我們三個人都分散了。從此他們便一直失了下落，我再也不能重見她們。我不曉得她們是在什麼時候從我的身邊離開去的。有一個中國軍禁止我呼喊，我還是瘋狂了似的呼喊着，但是黑暗中我再沒有法子找到她們。

我只好獨自一個人走了，我被夾在中國軍與日本軍的中間，爲了發現前面有兩個女人的影子，疑心她們是我的表姐和姑母，因而冒着彈雨追趕上去，竟至陷入了敵我兩軍戰鬥的漩渦。

日本軍衝上來了。

——老百姓走開！老百姓走開！

我們的軍士在背後叫喊着。

我躲入了一間大商店的門口，在猛烈的彈雨中已經失去了剛才走在我前頭的兩個女人的影子。

天亮了。我彷彿從夢中甦醒。我發見自己的所在地是老靶子路。滿地的彈殼，死屍——敵軍的，我軍的，難民的，鮮紅的血發出痦光，空氣里充滿着血腥。

遠遠地，我聽見了人的步聲。探頭向着五洲大藥房方面探望，我看見一小羣的中國難民沿老靶子路向着我這邊走來。他們一共有五個人，一個四十歲光景的老太婆，四個年輕的男子。這四個男子最大的在二十五歲光景，他們的年紀都差不多，最小的在十五六，只有他還是一個中學生的樣子。他們的服裝很整齊看來是中等以上的家庭，我猜想這四個年輕人一定是那個老太婆的兒子。

他們向着我這邊走來了，一步一步的走，很慢，很謹慎，步聲低至不可再低，他們正用整個的靈魂來控制這個不易脫身的危局　我非常替他們担憂，我想他們逃得太遲了，像這樣的幾個壯健的青年男子　如果給日本軍瞧見，一定不放走他們。

果然，在他們的背後，驀地有一個黃色的日本陸軍出現着。我不曉得這個鬼子兵是從那里閃出來的，他的身體長得意外的高大，可怕，手里的刺刀特別明亮，這刺刀似乎比平常所見的刺刀都長。他走得意外的迅速，彷彿是一陣猙惡的寒風的來襲，他對於這些已經放在手心里的目的物應該有着最高的奮身一擊的戰鬥企圖。

那鬼子兵迅速地追躡着來，那直挺着的雪亮的刺刀使我只能夠屏息地靜待着。天呵，這到底是怎麼一回事！這是一種嚴酷的痛楚的頂點，中華民國的無辜的致命者，在日本惡徒的殘暴的一擊之下倒下了。我們用什麼理由來回答這勝利與失敗的公判？我們是屠宰者刀下肉麼？我永遠求不出此中的理由！

那最先倒下的是二十五歲左右的最大的男子。這五個人的整齊的隊伍立刻混亂了，在這急激的變動中我不明白那作爲母親的老太婆所站的是什麼位置，而趁着這嚴重的一瞬，那强暴的鬼子兵又殺倒了她的第二個兒子。

第三個年輕人在最後的一瞬中領悟到戰鬥的神聖的任務。他反身對他的勁敵施行逆襲，他首先把勁敵手里的武器擊落，叫他的對手從毫無顧忌的驕縱的地位降下低落，公正地提出以血肉相搏鬥的直截的要求。

第三個男子把他的對手擊倒下來。

他勝利了。

但是他遭了從背後發出槍彈的暗襲。

中學生，那年紀最小的男子我叫他中學生，他是那樣的沉着，堅決，他的神聖的戰鬥任務全靠他的勇敢和智慧去完成。他獲得了一個充分的時機，泰然地，從容地在旁邊拾起了敵人的槍桿，用那雪亮的刀，向着那倒下還在掙扎的敵人的手腰里猛力地直刺。

但是一秒鐘之後，這慘烈的場面竟至突然中斷，這時候我才從這戰鬥的危局中猛然省悟，我發見有一小隊的鬼子兵散佈在中學生的四週，他們一齊對中學生作着圍殲，——我的心已經變成坦然，冰冷的了，我目睹着中學生在最後一瞬的苦鬥中送了命。

老太婆緊抱着中學生的尸體瘋狂地向着我這邊直奔而來。我看着他馬上就要到我的身邊來了，我意識着我所站的地位，我的悲慘的命運正和他完全一致。於是我離開那可以藏身的處所，走出馬路上，用顯露的全身去迎接她。

我對她說：

——你的兒子死了，不必拉住他了。

她的面孔可怕地現出青綠，完全失去了人的表情，看來像一座古舊 深奧而難以理解的雕刻。她對我的回答是嚴峻的，使我沉入了無限悲戚的幻夢。

她把孩子的尸體捨去了，像一隻被襲擊的狼似的衝進了一間門板開着的無人的商店里，直上三樓，從天台上猛摔下來，她的腦袋粉碎了，她落下的地點正在我的面前，濺得我滿身的白色的腦髓。

於是我坦然地離開了這地區，從北江南路向河南路橋逃出。我的靈魂已經很堅定了，我要每一分，每一秒預備着敵人對我的侵襲。

一九三八、一、二十八，南昌。

暴風雨的一天

暴風雨迅急地馳過了北面高山的峯巒，用一種驚人的，巨粗的力搖撼着山腰上的岩石和樹林，使它們發出絕望的呼叫，彷彿知道它將要殘暴地把它們帶走，越過百里外的高空，然後無情地擲落下來，致它們在無可挽救的災難中寸寸地斷裂而解體……暴風雨——！它爲了飛行的過於急驟而氣喘，彷彿疲憊了，隱匿了，在低落的禾田和原野上面，像詭詐的蛇似的爬行着，期待失去的力底恢復，時而突然地壯大了起來，用一種無可抵禦的暴力底行使中，爲了勝利而發出驚嘆和怒鳴，用悲哀的調子在歌讚强健，美麗的自己……。

暴風雨迅急地馳過了北面顫抖而失色的原野，用它底全力在襲擊那爲繁茂的樹林所環抱的村子底四週。

在馬松槳底屋子的近邊，有一株兩丈多高的松樹倒下了，和地上相觸而折斷的枒枝帶着新泥土直射的到半空里去，在半空里捲旋着，像一羣鴿子似地互相追逐，然後一齊地被擊落下來——暴風雨，在它無限制的力的行使中似乎還蘊蓄着不能排解的悲憤，爲了勝利而發出驚歎和怒鳴，用悲哀的調子在歌讚強健，美麗的自己……。

馬松槳底母親，那六十多歲的老太婆用她暈濛的眼睛在注視這大自然底可怕的變動，哭泣而嘆息，使自己墜入深沉的憂愁。

——好了！好大的風雨，不要再來了！松槳在外面要受不住了！她喃喃地說着，顫巍巍地跪下來，又開始作着禱告：

——要是風雨再大些，松槳那孩子會不會莽撞地走回來呢？唉，我實在躭心，松槳一定找不到一個藏身的地方，那麼他就要被迫走回來了！菩薩可憐我吧，我屢次告誡他，他總是不聽話，要壯大着胆子啊，如果風雨再大些，也不要走囘來！

馬松桑今天很早就出去了。他是一個壯健、勇敢的孩子，小小的年紀，已經參加了芒山地方底農民所組成的隊伍，執行着對日本侵略瘋狂的殘酷無情的戰鬥。——芒山鎭和這里相距不過七里多遠，從那邊開出的日本軍隨時可以出現在村人們的面前，村人們像一羣兎子，隨時有被獵取或擊殺的危險，在這里，有三個時間表示了最高的恐怖：黃昏和淸曉，——這都是敵人襲擊村子、捕捉農民的好機會，而最嚴重的是暴風雨中，當所有的人們在山谷與原野之間失去了隱身的處所，不能不縮囘到自己的屋子里的時候。

暴風雨像地殼里噴出的山洪，一陣猛烈似一陣，禾苗和田野都佈列着它底疾速地馳驟而過的足印，——遠遠地，圍繞在這村子四週的羣山似乎互相碰觸起來了，隱隱地發出痛苦，抵扼的嗓音，彷彿從千萬人的嗓子里發出的歌聲，爲了痛苦的忍耐而使歌聲突然地向高處昇起，直入雲霄，剛强沉毅，企圖在最牢固的障礙上面發出暴烈的囘應，然後停息下來，讓人們用最大的虔誠在追慕這歌聲的餘韻，把暴風雨失去的力重新喚醒，繼續它底爲了勝利而發出的驚歎和怒鳴……

馬松燊的屋子底牆根緊張而顫抖，近邊的高大的柏樹，在暴風雨底襲擊中痙攣而俯伏，用它底樹梢箒子似地在屋頂上拚命地作着掃動，屋頂的瓦片跟着暴風雨底飛舞而昇騰了。——！馬松燊底母親慶幸馬松燊那孩子有着在外面和暴風雨相對抗的好膽量，然而當她稍爲嫩弱下來的時候，她卻爲了馬松燊那孩子在暴風里底吹打中還不能不露身在野外這事而沉入了陰暗的幻夢……。她彷彿瞧見馬松燊突然在山腰上倒下來了，爲了暴風雨的暴烈的叫聲過於昇高，石頭和馬松燊底身體作着交絆，在山腰上默默無聲地滾動着。她知道，在這樣的情景中，馬松燊底靈魂像一隻失羣的孤單的燕子，暴風雨要奪去它底生機，又從而無情地鞭打他，踩躪他，教他永遠地不能救出痛苦的自己……。

馬松燊底母親像一隻熊，她蜷伏在灰暗的屋角里，用暈濛的眼睛凝視着從屋頂底漏隙里打下來的雨水，屋里全都潮濕了，地上底孔隙變成了無數的水池，急驟的雨水繼續從屋頂噴射下來，藉着天空底穢濁的光亮的照映，透明的雨點猶如那帶了脆弱的火末在夜間飛散的螢虫。

……現在，松燊那孩子也許忍熬不住了！老太婆心里想；要是他這下子就走回來，怎麼辦呢！日本兵就要神出鬼沒地開到了！他還能逃走嗎？他爲了修補一張櫈子，在砍木頭的時候冷不防把左脚的母趾砍傷了，以後每一次逃走都要滴出血來！這樣的大風雨的時候，要是還不懂得忍耐，那就糟了！

但是這當兒，她又清楚地瞧見着，這也許是眞的，暴風雨重重地震撼着她底靈魂，使她墜入了更深的憂慮。——馬松燊在山腰上跌倒了，爲了暴風雨底暴烈的聲音過於昇高，石頭和馬松燊底身體作着交絆，在山腰上默默無聲地滾動着……

馬松燊的母親悲切地堅決地無視了暴風雨底襲擊，從她的屋子里掙扎出來。她開始覺察了自己底愚昧，這風雨太猖狂了，這是一條暴脹而澎湃的風雨的大河，——她覺察了自己剛才所作的禱告是錯誤的。敵軍也許還沒有在這時候冒着暴風雨從芒山開出的勇氣，松燊那孩子應該走回家來，爲着好好地防護他自己。

不久之後，馬松桑的母親底出現驚動了所有全村的人。——這里全村的人們本來應該和馬松桑一樣離開了屋子，遠避到山谷或原野里，然而他們都走回來了，爲了抵不住那猛烈的暴風雨。現在他們正從各人底屋子里爬出來，帶着驚異的目光，把那老太婆包圍着；那老太婆像一隻給擊碎了筋骨的狗似地躺倒了，在一條小溝渠的旁邊躺倒了，暴風雨猛烈地在她底身上鞭打着，她也不在乎。她彷彿正用了期待死亡的虔誠在尋求最後一瞬的安甯。她底衣服全溼了，銀白色的頭髮滿結着砂石和爛泥。——這是一個奇蹟，在所有的生物都向着自己底巢穴躲藏的暴風雨中 只有那羸弱不堪的老太婆獨自出現。

——哦 你們都回來了！你們都安穩地躲在自己的屋子里了！可是松桑呢？松桑沒有母親的嗎？松桑是不要的嗎？……你們好安穩呀！

她作着對一切的仇敵尋求報復神情，用令人顫慄的嚴峻的聲音質問着，然而她底聲音低微下來了，她底身上突然地起了可怕的變動，她朦白色的雙眼，睜得又圓又大，對那瘋狂了的紫黑色的天空緊緊地凝視着。人們騷亂起來了，他們把老太婆底屍身擱開不管，在暴風雨底鞭打中。爲着尋回失去的馬松桑而動員了他們底全體。

暴風雨繼續不停地用它的巨粗而驚人的力震撼着大地。他們尋遍了山谷、田野，樹林，——他們終於發見了，那馬松桑，壯健，勇敢的孩子，今日正担任了南路的哨位，一點也不錯，他絕不曾在山腰上跌倒下來，還是壯健地，勇敢地在活着，在村子底南面，在一個高聳的陰綠色的小丘底顛峯上，馬松桑底黑灰色的影子像一塊插在田塍上的小小的界石，在暴風雨的侵襲中屹然不動地站立着，時而在迅急地掠過的烟雲中隱沒了，時而全身畢現，把他無視暴風雨的短小的雄姿泰然地完全顯露……。

一九三七，十，十二，濟南。

一個連長的戰鬥遭遇

——我們構築的陣地，
我們自己守着。

營長，高華吉少校，獰惡的面孔顯得衰落而毫無光彩，垂着頭，目光隱隱地流射着忿怒和暴戾，彷彿心里正懷下了一種異樣的巨重的痛苦，如果這時候只剩下他自己一個人，他也許要爲了孤獨而掉下眼淚。

但是他找到了林青史。

他鼓着那粗大的，起着脊稜的頸顙，雷一樣的吼叫着。

——唐橋方面爲什麼忽然又發出了地雷聲，那又是暴破橋樑的麼？

林青史是第四連的連長，他穿一副新的黃色軍服，掛着短劍，年輕而漂亮，太陽光照在他的身上，叫他的軍帽的黑皮舌頭的邊和上衣的鈕扣發出新鮮，潔淨的閃光，垂下着兩手，少女一樣的胆怯而莊嚴，在高華吉的面前靜穆地直站着。

從這里剛才所聽見的什麽爆破橋樑的地雷聲起，以至關於別的瑣碎，紛雜，難以歸類的突然事件的詢問，高華吉的憤憤不平的氣勢似乎始終不可遏止。——他又問了林青史家里的一些情形。

——這里有四十塊錢，都拿去吧！我接到你的家里從嘉定轉來的電報，說你的父親病重將死，叫你回去，……回去。我想……

他變得很和藹的樣子，情緒也似乎平靜了些，擦一枝火柴吸起烟來了、嘴里發出的聲音雜亂而濛糊。

林青史的直立不動的影子在鮮明的太陽光下整個地發射出令人眩目的光彩，直着鼻子，合着細小美麗的嘴唇，垂下着視線，長長的睫毛呈着金黃色，像一座石像一樣的靜穆。

——電報……電報……他用莊重，良善的目光凝視着營長的兇惡而殘暴的面孔，低聲地這樣說：那是假的。我了解我的父親、他恐怕我要在火線上「戰死一，所以叫我囘去，他只有我這一個兒子。

——是的，我也這樣想。——那麼，都拿去吧！把四十塊錢都拿去吧！你的家里這時候會得到一點錢用，是適當的。

說着，把四十元的鈔票放在林青史的手里，非常舒適地擺動着兩手 脊背變得有點駝，跨着闊步向左邊的小河流的岸邊去了。

他不斷的囘轉頭來，高舉着的右手稍爲彎曲着，上身向前面傾斜，伸長着頸子，背脊更駝些也不要緊，這樣還了林青史的敬禮

××師第一線的陣地近在兩公里外，猛烈的砲火疲之地發出力竭聲嘶的音波。砲彈掠過了高空，把天幕撕裂着，正如撕裂着一張綢子。

林青史的心里有點悲戚，他的潔淨的面孔略呈緋紅，黑色的靈活的眼珠在長長的睫毛下轉動着，胆怯而稚弱，簡直要對着那强暴的砲聲羞辱自己的無能。他踏着葫蘆草，在一條溼落落的田塍上走着，四邊沒有樹林，讓自己的身體在鮮麗

的太陽光下完全顯露——前面，第四連的兄弟們，像忙碌的螞蟻似的在淺褐色的土壤上工作着，田園上的向日葵一排排以純淨，坦然的笑臉對太陽作着禮拜。

新的土壤噴着熱的香氣，還未完成的散兵壕在弟兄們遲緩而沉重的脚步下羞辱地發出煩膩的水影。散兵壕 狹又淺，鏟子和鐵鍬都變得鈍而無力，弟兄們疲困得像筐子里的赤蝦。

一個沙啞的聲音這樣唱：

——我們這些蠢貨，

要拚命地開掘呵，

今天我們把工作做好了，

明天我們開到他媽的什麼包家宅，

後天日本兵佔領我們的陣地。

歌聲沒有節拍，好些地方完全像說白一樣的進行着。別的人沉默起來了，想要發出强大的呼叫 但是神經過敏地感到了絕望和空虛而歸於靜寂。

——有一天會到來的，我們構築的陣地、我們自己守着，……

——不，話應該這樣說，我們構築的陣地，要讓我們自己來守！

於是林青史和他們做了這麼一個結論，

——有一天會到來的，……

林青史在鬆而帶有溼氣的泥土上坐下來，把軍帽子推到腦後去，黃色的裹腿鬆脫了，一條蛇似的胡亂地纏着，也不去管它。他不但疲困，而且簡直是毫無把握的樣子，鬆懈得要命。從營長的面前保留下來的端莊的體態像一件沉重的外衣似的從他的身上卸下來了，他彷彿墜入 更深的疲困和憂愁。

他沉重地歎息着。

一顆砲彈飛來了，落在左側很近的河濱里，高高地濺起了滿空的爛泥。相隔不到五秒鐘，又飛來了第二顆，落在陣地的右端，炸死了三個列兵。

這是一個時運不齊，命運多舛的莫名其妙的隊伍，它常常接受了一個新的奇特的任務，這新的奇特的任務又常常中途從它的手里拋開，換上了更新，更奇特的。

……誰也不知道。

特務長說是聯絡友軍。

連長在每一次的陣中講話中也不曾提及。

營長是那樣的暴燥而忙亂，像一隻斷頭的油虫，東撞西碰，自己就有點搗攪不清。

十一月十八日從崑山到瀏河，二十日從瀏河到嘉定，二十二日從嘉定到大橋頭，同日又從大橋頭到廣福。現在又從廣福到包家宅來了。

早上，天下着微雨，白色的霧氣一陣陣從土壤里噴射出來，壓着低空，竹葉子簌簌地低泣着，掛着白光閃爍的淚水。

這里的陣地前面有一座獨立家屋，它構成了射界里的兩百米突那麼大的死角，——凡是陣地前面的死角都把它消滅了吧！

十五個列兵，由班長作着帶領，擔帶着鐵棍和斧子，唱着歌，排着行列，與其說是為了戰鬥的利益倒不如說是為了洩憤，在對那獨立家屋施行威猛的襲擊。

他們發揮了强大的威力，像一下子要把整個大地的容顏都加以改變似的，用了最大的決心和興趣在處理這個微小得近乎開玩笑的任務。六個列兵像最利害的强盜似的爬到屋頂上去了，强暴地揮動着沉重的鐵棍，屋頂的瓦片像强大的惡獸在磨動着牙齒似的響亮地叫鳴着，屋頂一角一角的很快地洞穿了，破壞了，年長月累地給緊封花屋子里的沉澱了的氣體，人的氣息和煙火混合的沉澱了的氣體直冲上來，發出一種刺鼻的令人噴嚏不止的奇臭。弟兄們的兇暴的獸性繼續發展着，他們快活了，這是戰地上常有的快活的日子……

——酒呵，……火腿，……

屋子裏叫出了濛糊的聲音，屋頂上的人，闊達地大笑了，瓦片和碎裂的木片像暴風雨似的倒瀉下來，在這樣的場合，就是把屋子里的人壓死了也是一種娛樂，——另外，有八個列兵排成了整齊的一列，一、二，三，把那江南式的，單薄的，弱不勝風的牆壁的一幅推倒下去了，暴戾而奇怪的聲音高灝得簡直是一齊地在喝彩。失去了支持的屋頂搖搖欲倒，互相間的凌辱和唾罵也繼之而起了，屋頂上的人和下面的人很快地構成了對峙的壁壘，爲了執行破壞的工作而發生的興趣迅急地在起着奇特的變化和轉移。

冒着碎片的暴風雨，從屋子里奔出來的是一個壯健，矯捷的上等兵，他彷彿在夜里獨斷獨行似的充分地發揮他爲了和人羣相隔絕而更加盛熾起來的狹窄，私有，獨占的根性，張開着强大的臂膊，低着腰，像兇狠的狼似的在刼奪他丰饒的獵取物。新制的柑黃色的衣櫥的抽屜被搬出來了，這里有女人的裙子，孩子的玩具，眞美善書局發行的黑皮銀字的「克魯泡特金全集」，庫勒的「强盜」，小托爾泰的「丹東之死」，還有象牙製的又小又精緻的人體的骷髏標本。而最重要的還是酒和火腿。

所有的人們都被駭引着來了，女人的襪子套在鼻尖上，書籍在空中飛舞，衣櫥的抽屜成爲向敵對者攻擊的武器。

學生出身的班長遠遠地站立在旁邊，發暈了似的墜入了複雜，煩瑣的想象中去了。

他非常眞摯地歡迎這一切新穎的景象的到臨，對克魯泡特金、席勒，小托爾斯泰和對女人的裙子、孩子的玩具一樣的尊重和注意。他非常憐憫地對那被殘暴地圍攻下來的上等兵作着這樣的慰問。

——還有別的麼？你的酒呢？火腿呢？

在這樣的場合，把酒喝，把火腿吃，不會比把它們放在脚底下踩踏，把瓶子敲碎，或者全都抛進河浜里去更有意義。……

雨逐漸地加大了，未完成的散兵壕裝上了水，從消滅死角的事繼續下來的興趣早已失掉了。弟兄們廢弛地把鐵鍬和鏟子都抛開了，躱在近邊的竹林里，放縱地，有意地空過這個時機，因爲雨的逐漸加大而使日本飛機不能活動的這個時機——嚴重的任務還是暫時地在另一處把它寄存着吧。……

——動工！動工！

學生出身的班長叫起來了，又吹着哨子。他的個子又矮又小，在陣地左端的未完成的掩蔽部的高高突起的頂上，木樁一樣地直站着；他要作爲一個眞實的頭目，一個標幟，讓雨在頭上淋着也不在乎，用他的毫不浮誇，毫不動怒的樣子在對着所有的弟兄們施行吸引，又像作着憐惜似的這樣說：

——慢些來吧！這兒的雨正下着……。

弟兄們彷彿非常抱歉地，非常和睦地回答他一個「不要緊」，於是高舉着脚跟、點着脚尖，散亂地離開那竹林，沉重的鐵鏟和鍬子像最難驅除的病魔似的侵蝕着他們每一個強健的體格和姿勢，又像蛇似的死絆着他們，叫他們把鉛一樣沉重的頭顱倒掛在胸口，像一條條奇異的毛蟲似的死釘在那黯淡無光的土壤上面。

下午五時卅分，高華吉營長召集全營的官兵訓話。

他垂着頭，說話的聲音沒有抑揚，有時憂愁地望着遠方 目光嚴峻地發出痛楚的火焰，每當他說出了一句話，就皺着眉頭，像咽下了一口很苦的藥一樣。

……一、二八的當日我們在楊行戰勝了敵人，——和我共同作戰的兄弟們，能忠心於我，忠心於軍令的：無論已否戰死，都成了我最親愛的朋友。因為戰鬥需要勇猛……我屢次要求你們拿出强盛的威力，——對於戰鬥軍紀，須以殉道者的潔淨，誠意，永不追悔的態度去遵守，我今日還是這樣的要求你們。……

……雨停了，天空一團漆黑。隊伍迴避着公路，在一條濕落落的田徑上走着，通過了×××師防綫的側面。猛烈的砲火把整個的陣地掩蓋着。敵機在黑空里盤旋偵察不停，照明彈一顆顆由高空溜下，有如流星下墜，在那豔麗的亮光照耀之下，繁茂的灌木叢像碧綠的雲彩，一陣陣在前面湧現着。為了防禦空襲，隊伍停止，掩蔽，竟至五六次之多。到達新陣地的時間在下半夜三時左右。

天還沒有亮，營長命令到張家堰陣地前方偵察地形。林青史匆匆地叫何排長集合全連到村子背後的竹林下舉行晨操，數週來忙於行軍和構築工事，一切應有的教練都無形中廢弛了。

五時卅分到達營部、各連長都已經齊集。——高華青營長站在門口吸烟。嚴峻，黯淡的樣子不稍改變，大約是爲了等待林青史一人而把時間躭誤了吧。林青史的稚弱而漂亮的面孔略呈淺綠——事實上，營長幷不爲了林青史的遲到而有所介意，他看林青史來了，還遞給林青史一根烟捲。

陣地偵察完畢，陣地編成也大致決定了。第四連担任營左翼一排陣地之構築，眞是意外的事，這次的工作那樣微小，是出發到現在所不曾有的。營長恐怕躭誤了時間，再三吩咐林青史應於明天晚上把工事完成，還要在散兵壕加築强固的掩蓋，右邊和第五連所構築的陣地相連接的交通壕也歸於第四連開掘。雖然增加了這個工作，而時間却還是充裕得很。

第二天早上五點鐘光景，敵機的强烈的馬達聲驚醒了弟兄們深濃的睡夢。從拂曉至天亮、落於×××師右翼陣地的重量炸彈不下兩百多枚，炸彈的爆裂使整個的地殼沉重地發出顫抖。機關槍聲也激烈地發作了，看來敵人的强大的攻擊已經開始，在火綫上的中國軍究竟和敵人怎樣戰鬥的情景，暈濛不明地被隔絕在一個神祕的砲火連天的世界里面。狂暴的戰鬥的惰性使砲火的音響停滯在一種堅凝不散的狀態。而且逐漸的加重，至於使空氣疲乏地發出氣喘。

林青史下令各排推出警戒兵到駐地前方嚴密警戒，以防備第一綫的潰退。但是直到午前十一時，前綫的陣地還是屹然不動。

高華吉營長到連部來了。

營長，林青史，首連長郭傑，三連長周朋，還有上尉營副等等，為了視察昨日構築的工事，他們匆匆地又離開了連部。正午十二時視察完畢。臨走的時候，營長吩咐林青史，限於今晚八時前把工事完成，因為恐怕又有了新的任務。

正午以後，前綫似乎比較平靜些了，但是砲火依然猛烈得很，間或有一二砲彈飛來，狂暴的爆炸聲中，可以聽得彈片落在水里，為了驟然遇冷而叫出的向人追索的可怖的嘶聲。飛機還是在陣地上空盤旋着，弟兄們永遠是那樣的一種愚蠢的樣子，一點也不懂得掩蔽，對那司空見慣的敵機保持着濃烈的興趣，百看不厭。這樣一來，陣地的目標完全暴露了。等到炸彈下降才知道危險，已經無濟於事。對着這可恨的蠢笨、林青史曾經屢次地加以斥責；却還是沒有効果，只好處罰十多人在樹林里立正二十分鐘。對弟兄們施行暴力教練這還是最初第一次。

一點鐘光景，全連又出動了，爲了繼續那未完成的工事。鐵鏟和鍬子殘害了整個的隊伍的姿容，弟兄們鐵青着面孔，瘦削的頸子闊大的衣領上不由自主地動盪着，臃腫的軍服使他們變成了無靈魂的傀儡。

一個沙啞的聲音開始這樣唱：

——我們這些蠢貨，……

——唱吧！第二個聲音接着這樣叫；兄弟們，唱吧，我們都懂的，……

沙啞聲音又開始這樣唱，——漸漸的得到了人們的附和。

——我們這些蠢貨，
要拚命地開掘呵，
今天把工事做好了，
明天開到他媽的……。

喂，這又是一個什麼去處？張家　！

他的媽什麼張家堰，

後天日本兵佔領我們的陣地！……

刮了整整一夜的狂風，禾苗和樹林都顯出了枯乾的樣子，冷氣驟然變冷了，前綫的砲聲稍爲稀疏些，機關槍還是無時停止。……對於戰鬥的激發緊張的想象，爲穩定下來而毫無變化的現狀所擊碎，離開了幻夢，歸還了原來的自己，英勇，傑出的人物似乎也變成了平庸無奇。……

營長帶領着各連長在新陣地視察了一週，把所有的工事都加以分配。第四連担任營第一綫右翼一排及營的前進陣地的構築，恐怕時短工多，特加派團担架排兵士十名協助搬運木料，陣地前面的障礙物和坦克車的陷阱，團部已另派工兵營前往開設去了。

回來後立卽將隊伍移來新陣地後頭不遠的陸家窰，這裏距張家堰只一華里，張家堰陣地定於明日移交十一師據守，未交代之前還是由第四連負責 這樣麻煩的事逐漸加多了 —— 九時卅分光景，林奇史已經把屬於本連的工作區分完妥，第一二排築營之前進陣地，第三排第一綫右翼一排陣地，各排除了土工之外還得採集木料，担架兵十名協助一三排工作；各排長隨即依着這分配各自動工，前進陣地則由林奇史親自開始。

……一如戰士們所期待、兇惡的戰鬥場面終於在陣地前面展開了，——從陣地望去，相距約六百米突遠 中國軍第一綫左翼突然現出了一個缺口，潰敗下來了，像決堤之水似的潰敗下來了；—— 這里的砲火的猛烈是空前的，在那直衝天際的跟隨砲彈的炸裂而噴射的泥土和煙火中，潰敗的中國軍似乎把方向迷失了，只管在愚蠢地尋覓着，他們的戰鬥力完全爲日本的强大的砲火所攫奪，他們的服裝，他們的手中的武器，甚至他們整個的身體彷彿對於他們殘敗下來的靈魂都成爲可悲的贅累，—— 敵人的砲彈已經開始延伸射擊了，密集的砲彈依據着綜錯複雜的綫作着舞踏，它們帶來了一陣陣的威武的旋風，在迫臨着地面的低空里像有無數的鳴鳥在頭上飛過似的發出令人顫抖的叫鳴，然後一齊地猛襲下來，使整個的地殼發出驚愕，徐徐地把身受的痛苦向着別處傳播，却默默地抑制了沉重的嘆息和呻吟，…。

第四連的陣地和敵人一綫的距離突然縮短，敵人的砲火的延伸射擊使第四連的兄弟們在互相間的愕然的目光對視之下，竟然神會意達地把握到一個必須立卽進行的任務。——

班長，一個久經戰陣的湖南人像尺蠖似的把鐵般堅硬的背脊屈曲着，他握着槍桿，迅疾地從一個散兵壕跳過又一個散兵壕，暗暗地在弟兄們的心裏煽起了戰鬥的火燄，企圖着在自己的一舉手，一動脚之間給予弟兄們一個神聖的敎範，全連的弟兄們最初就在壕溝里佈成了一個完整的陣容，他們什麽都預備好了　而所缺少的只是一聲前進的命令。

湖南人的班長低聲地呼叫着，

——衝呵！……

一個青年的列兵　堅定的目光透過了砲火連天的田野，高大壯健的身軀比一個最成功的不動姿勢還要靜止，看來他的靈魂是早就已經和戰鬥合抱了，在戰鬥中沉醉了，落在後頭的只不過是一個死的軀體而已。

——衝呵！……

年青的列兵發出短促的語句像回聲似的應和着。

砲火更加猛烈了，潰敗的中國軍在紛亂中似乎已取得了正確的方向，取得了失去的自尊和活力，他們彷彿并不貪圖獲得友軍的援助，雖然在極端危險的處境中還是以獲得友軍的援助為恥辱；他們反攻了。不錯，從這里可以顯明地看出，他們在潰敗中還是把面孔對着仇敵，為子彈所擊中的都是面對着仇敵倒仆下去，無疑地他們在畢命之前的千分之一秒的時間中還能夠把握到非常充分的戰鬥的餘裕。

這之間，第一綫的戰局正起了急激的轉變，第一綫的屹然不動的正中和右翼的中國軍對於他們整個的陣綫還是負責到底的，——右翼的中國軍已經開始為挽回這危殆的戰局而迅急地適時地反攻了：戰鬥的實況顯然是這樣說明着，第一綫給沖破下來的缺口還是由第一綫負責去塡補。要知道，戰鬥的力量正如珠寶一樣的珍貴，誰不愛惜自己的戰鬥力，誰就免不了要做出錯誤的徒然的舉動！

由於熱熾如火的戰鬥企圖所激發，第四連的兄弟們毫無多餘的偏情和私見，他們的態度是坦然的，無論在援助友軍或打擊仇敵的意義上，他們都以能痛快直截地執行戰鬥爲至高無上的光榮。

他們於是一個個躍出了他們的壕溝；當然，這壕溝向來對於他們都是毫無用處的，爲了那些層出不窮的新的奇特的任務，他們已經屢次把構築完竣的漂亮的工事完全拋掉，……

現在，一切的責任都集中在林青史一人的身上了。

林青史的面孔在那黑色發亮的帽舌下嚴肅而縮小，顏色是青白的，在鮮明的太陽光照映之下，彷彿白臘一樣的透明，雙眼發射出潔淨而勇猛的光燄，他在表情和動作上都似乎是隔絕了所有的部屬而獨自存在的一個，——他藏身的地點是在陣地左側的營的前進陣地後方的最左端，對於這急激的場面他是一無所動地然而目不轉睛地在察看着，他知道，如果在不必要的場合，特別是沒有命令而使用兵力，在戰鬥軍紀上是一種有害的不合的行爲。

——弟兄們，你們想蠢動麼？你們能夠把戰鬥軍紀完全拋棄不顧麼？……林青史發出明亮的銳利的聲音這樣叫。

——不！我們要出擊！

——出擊吧！

——如果不出擊，我們是不是還預備開走？我們再不開走了，我們構築的陣地，我們自己守着！

——是呵　我們除了出擊再沒有更新的任務！

……

——不，不！林青史厲聲地作着怒吼：你們這樣說是錯誤的。我要你們絕對遵守戰鬥軍紀，誰想出亂子我就槍斃誰！

砲火太猛烈了，整個的陣地墜入於難以挽回的騷亂的危境。林青史的聲音顯得低微而無力。

弟兄們爬出了戰壕，一個個偶像駝鳥似的昂着頭，他們的殺敵的雄心依據着蠢笨的姿態而出現，他們一個個都像抱着最單純的意志而死去了的尸體，敵人的猛烈的砲火吸引着這尸體的行列，叫他們無靈魂地向着危險的陣地行進，什麼都不能動搖他們。

他們的强大的決心使林青史懷疑了自己發出的命令，——這個出擊是不對的麼？沉迷於戰鬥的士兵們已經發出了他們難以制止的瘋狂行爲，在這個神聖的行列中，林青史，一個優秀，漂亮的少年軍官，他是不是要做他所帶領的部屬的尾巴呢？他十二分地了解弟兄們這時候的心理，——他和所有的弟兄們的强固的靈魂是合一的，對於戰鬥所懷抱的熱情，他要比所有的弟兄們都高些，……

他們行進了，——

第四連全連的兄弟們，成爲一個小小的隊伍，像一隊來自曠野的鬼魂似的，在孤單和悲苦中躍動着他們黯淡無光的影子。他們是愚蠢的，但是他們帶了無視一切的驚人的勇猛，在直衝天際的跟隨砲彈的炸裂而起的泥土和黑烟的林叢中，他們毫不紛亂地保持着完整，活躍的隊形，用第一排勇猛的影子領導着第二排勇猛的影子。

於是這裏發現了一個奇蹟。林青史，那漂亮的少年軍官像蛇似的胆怯而精警地躍出了戰壕，青白的臉孔變成了灰暗，彷彿直到這一秒鐘止還不能解决他內心的痛苦和憂愁，他幷沒有放棄他的「不准出擊」的命令，但是他只能發出一種濛糊不明的聲音，他一面叫着「停止」，一面用銳利的目光注視着前頭的勁敵，——他的堅决的行動完全否定了自己發出的命令的內容。

……捨棄了自己構築的壕溝，越過了敵人的砲火延伸射擊的界線，把握了戰鬥的時機，無視了敵火的威猛，——第四連的兄弟們，在第一線的殘破不堪的陣地上，像夜行的野獸似的，寬薄地，寂寞地踏上了他們的壯烈而可悲的行程。

……

第一線的中國軍對敵人的前進部隊的襲擊已經遂行了他們的任務，——戰鬥從午前十時起，一直繼續了八個鐘頭之久。中國軍在苦鬥中提高了自己的戰鬥效能。第四連的參戰從最初起就澄清了陣地的紛亂局面，澄清了敵火的强暴和汚濁。……

但是新的任務像詭譎的惡魔似的神祕地和不幸的第四連互相追逐，——這其間營長高華吉接到了把隊伍移向小南翔方面去的命令，他要把全營的隊伍集中，却找不到第四連的影子：第四連失蹤了，對于第四連的行動，營部始終沒有得到一字一紙的呈報。

太陽在西方的地平線落下，藍灰色的天空顯得鬆弛而疲乏，第一線的槍砲聲還是繼續不斷，但是從這里聽來已經逐漸的疏遠了。營長駝着背，伸着頸顈，軍帽子放在後腦上，拚命地在吸他的烟捲。有時候從嘴上把他的烟捲摘開，瞇着雙眼，瘋狂地把烟捲注視了整半天，彷彿抓住了他的兇惡而珍貴的目的物，正預備着用全生的力氣來對付他一樣。

隊伍集合了。

營附，那高大壯健的浙江人用一種沉重的聲音報告已經到臨了出發的時間，

……

高華吉少校有着他的奇怪的性格，他在發怒的時候變得良善而和靄，說話的聲音很低，很珍重，俯着頭，眼睛看着地上，一字，一句，非常淸楚地這樣說。

——如果第四連七時不歸隊，就宣佈林靑史的死刑。

在這一次的戰鬥中，第四連全連戰死和失踪者二十七八，三個排長都戰死了，剩下來的戰鬥兵和官長一起算，得八十七人，收容的地點是在劉家宅，在張家堰的南方，距他們的本陣地約二十公里。失去和營部的聯絡，又找不到半個伙伕，伙伕造飯的地點和他們的本陣地本來就有五公里的距離，伙伕大概已經做了友軍的俘虜。

劉家宅這個村子是一個很小的，小到只有一家人家的村子。老百姓都跑光

了，屋子裏發了霉。地雷虫在牆脚邊大肆活動，——八十七人空着肚子，有錢也買不到食物，連剩下來的一點炒米也吃完了，受傷的弟兄得不到醫藥，……

連部三次派出傳令兵去找尋他們的營部，都沒有着落。

早上五點二十分光景，連長林青史開始對弟　們作這樣的講話。

——……我希望你們了解我是怎樣的一個人，我願意在今日的艱苦的處境中做你們一個最好的長官；他坦然地，非常堅定地這樣說，我們今日碰到這樣的難題、第一，我們要不要繼續戰鬥呢？……第二，我們沒有上官的指揮，沒有可靠的給養，我們和原來的隊伍完全斷絕了關係，但是我們的戰鬥力沒有失掉，至少我們的手里還存有着武器，——我們有沒有繼續參加戰鬥的可能呢？

為了避免敵機的偵察，八十七人的隊伍全裝在那三丈見方的屋子裏，擠得很緊，——弟兄們很嘈什，似乎并不曾深切地了解林青史的意思，林青史的話只能夠引起他們暗暗地互相發出疑問。一般的情緒陷於苦惱和疲乏，他們并不表明自己的意見，但是他們的意見却是確定了的，這確定的意見絕對地不能遭受任何違反。

林青史於是把他的話繼續着，

——現在，我們眞的到達了我們的目的地了，我們的目的地就是戰場，我們再不受一些無謂的任務所牽累，我們的脚跟所站立的地方，我們自己守着，……我們今天餓肚，我們不相信明天也是餓肚，天一黑，敵機不來襲擊，我們有九分活動的時間和機會，——我們唯一的任務是堅决保持我們的有生力量，不要把自己的隊伍拆散，我們希望在最短的時間中恢復和營部的聯絡，但是我們不能在這個時間中躱在一邊，我們必須和敵人繼續作積極的，艱苦的戰鬥。

十一月二十五日的晚上，天空佈滿着濃雲，四下裏完全漆黑，隊伍離開了劉家宅沿一條小河流的岸邊向南翔方面開動，——戰鬥的中心似乎從大場轉移到眞茹來了，前線的砲火依然是那樣威猛。八點三十分光景，他們經過了一個村子，遇見了二十五個從大場方面潰敗下來的友軍。

這二十五個在極度的疲勞和飢餓中遇到了豐饒的食物，——他們在這個村子裏得到了一隻豬，一缸藏在地底下的老酒，……這種情景實在令人難以想像，當第四連的兄弟們開進這村子來的時候，他們發見那二十五個像死尸似的在屋子裏躺倒着，屋子裏浮盪着一種沉重的奇怪的噪音，二十五個無靈魂地成爲了腐爛而汚濁的沉澱物，彷彿正在對着那戰場上的恐怖的重壓苦苦地發出令人憐憫的哀求，——但是有一件事必須注意，在這樣的風聲鶴唳的情景中，一切的人與人的關係都埋藏着爆烈的炸藥，殘酷的戰鬥將如鼠疫似的傳遍于全人類；可怕的殺戮行爲普遍地發生於人與人之間，有時候也不問仇敵和友人。

——我們要不要繳他們的械呢？特務長低聲地問。

兵士們也蠢動起來，作着躍躍欲試的樣子，他們想擁進那屋子裏去，好幾枝電筒在門口亂射着，但是林青史立即加以制止。

林青史獨自個走進屋子裏去，他輕輕把一個醉得像爛泥一樣的「死尸」搖醒起來，——於是這裏發生了很湊巧的事情，林青史遇見了他在廣州燕塘軍校的位朋友，……

他名叫高峯 原是一個高大壯健的少年人，現在帶了花，面孔黃得像一個香瓜。他的左手的掌心在戰鬥的時候給擊穿了，用自己帶來的紗布包紮着，包紮得幷不妥當，有時候突然有多量的血從創口湧出來，叫他全身像患了瘧疾似的冷得發抖，他用一種微弱的聲音對林青史這樣說：

——……我覺得所有的軍人大抵都是悲苦的，一個人從軍校中畢業出來，掛着短劍，穿着軍服，看樣子也和別的所有的同學一樣，都是英勇的，壯健的，有時候在馬路上走過，也引起了許多人的羨慕，……一上了戰陣，戰死和受傷都不關重要，不能達到任務是一件最痛苦的事情。——我的理想是很高的，我有我自己的不能告人的簡直可以說是虛妄的一種很大的抱負，從這一點我曾經長時間地尊重自己，同時也曾經對別的人驕傲過。我似乎無形中得到一種暗示，我覺得世界上不幸的人太多了，也許是到處皆是，但是這裏面決不會有一個我，——這個幻夢薄得像一重薄紙，但是我決意用盡心力來保全它，我相信我有自己的聰明，我能夠清楚地辨別我所走的路程，這路程既大又遠，我幾乎無時無刻不在這裏保持着一個偉大的長征者的身份，……

這是第二天的晚上。通過了高峯和林青史的友誼的關係，二十五個和八十七個從最初起就存立了和好，屋子裏還剩下好些米，好些大頭菜，勉强療治了第四連的兄弟們的飢餓。——林青史坐在門檻上，把軍帽子脫下來，垂着頭，蕪長的頭髮發出瘖光，像一個怕羞的小孩子。高峯躺在林青史對面的一張竹椅上說話的聲音逐漸的變得壯健而宏亮，他彷彿非常滿足於自己所能敘述的一切，特別是關於一個沉痛的悲劇的敘述。

——二月前，他接着說：我在廣東×××的部隊裏當一個少尉副官，我的老婆和所有的朋友都寫信來對我慶賀，我幷不認爲這就是我的榮耀，我覺得自己好像在濃霧中行進，蹤跡是祕密的，沒有人了解我的來路和去處，有時又覺得自己好像一個海島，這潛伏在海裏的是一個大山脈，但是露出海面的只是一個很小的黑點，正爲了這緣故，所以無論怎樣大的風浪都不能把它動搖分毫，……這個幻想確實是可笑得很，但是我需要這樣的幻想，我甚至願意接受這個幻想的欺騙。——不久我們的隊伍開到前線來了，我做了一個排長，我知道我也許能夠在戰鬥中培養成一個傑出的人材，……十一月十八日的夜裏，我們一排人在劉行前方放軍士哨，遭遇了一隊强大的敵人的襲擊，三十五人（除了我自己）在頃刻中全部死盡了。——這個現象十分地使我驚愕，我認不清戰鬥是怎麼一回事，戰鬥像一個强盜，一個暴徒，當稍一鬆懈時候，它突然在前面出現了，而最使我痛苦的是當戰鬥一開始，我們就被限制在被襲擊的地位，——我們的槍是在手裏拿着的，但是我們始終找不到戰鬥的對手，……

林青史困惑地沉默着。他的睫毛很長，眼睛格外烏黑，靑白的面孔顯得有點憔悴。高峯的聲音倦怠地濛糊下去了，他發出了輕微的嘆息和咳嗽。

——那天夜裏我從陣地逃了出來，他的話繼續着，我混在一隊敗兵的裏面，……有三天的時間我幾乎完全失去了知覺，失去了理智，我不知道那時候是否應該活着，我對不起我的職務，對不起我的長官和朋友。

前線的砲聲漸漸地又接近着來了。這屋子裏的空氣是黯淡而堅凝的，林靑史用一種很低的聲音非常鄭重地這樣說：

——戰鬥是嚴重的，我彷彿認識了它旣莊嚴又殘酷的面貌，這面貌每每使我膽寒，我眞不敢對着它正視，我承認我直到今日還是弄不清楚，正好比我迷在夢中，……這些現在都且擱開不管吧，只要能夠恢復我們的戰鬥的勇氣，我們用不着處處用嚴厲的辭句來追問自己，我們有什麼需要向自己追問的呢？我們說，我們已經站牢在火線上了，我們正在和敵人戰鬥着，是的，　戰鬥着——什麼時候我們戰死了，我們個人的任務也盡了，——　兄弟，這是　簡單的一件事　很簡單的……一件事……

黃昏的時候，據村子南面的瞭望哨的報告，有一隊日本兵從南面不遠的一個村子里，沿着左邊的一條公路開出了。——這個消息立刻使屋子里的人起了很大的騷動，墮失了戰鬥意志的敗北鬼們，像鼠子似的，眼睛閃耀着火，在屋子里切切地私語着，狼狽地作着流竄，……高峯從地舖上爬起來，面孔痛苦而灰暗，鼻樑的中段顯得過分的闊板，這過分闊板的鼻樑幾乎要把他作爲一個人的表情完全毀壞。他沉默着，像一個木偶似的站立在林青史的面前。

——我們是不是要避免這個戰鬥？

——我們逃吧！……

——我們還能夠作戰麼？

許多人都急急惶惶的喑喑的在這樣應驗着自己，追問着自己，彷彿各人都有不同的意見和主張，但是都沒有響出半聲，提心吊胆的騷亂的情緒完全爲一種可怕的沉默所掩蓋，而所有的眼睛都集中在林青史一人的身上。

林青史站在他們八十七個的隊伍的中間，——這八十七個雖然也是殘敗的一羣，却還能夠保持他們的嚴緊的陣容，至少他們還存有着堅定的信心，到了日暮途窮的絕境還能夠不辭一戰……

林青史堅定地，非常簡短地這樣說了：

——同志們、跟着來吧！能夠走得動的都跟着來吧！不能夠走得動的我們也并不拋棄你，……因爲現在戰鬥的地點就在這村子的圈子里，一個鐘頭之內一切都淸楚了，如果我們能夠戰勝敵人，我們總有一個新的轉機，不然我們失敗了，我們也只好同歸於盡！

於是這里發生了神奇的事蹟，少數的傷兵靜靜地躺在屋子里，大多數的戰鬥員，不分來歷的不同，不管所屬的部隊的各異，他們默默地排列起來，默默地跟隨在林靑史的背後，雖然有些人的心里還是疑惑不定，不能很快地立下戰鬥的決心，……

整個的隊伍都沉靜下來，聽不見一點聲息，憂鬱的原野顯得空洞而遼闊，一百多個在村子前後左右的樹林里，罅隙地，小河邊，田徑下，像田鼠似的把自己掩藏得沒影沒踪。

從南面來的敵人是一個頗爲强大的隊伍，黃色的，默默地閃動着的影子溶化在黃昏的暗灰色的氣體里面，在陣地上，像這樣漂亮而整齊的敵人的隊伍是常見的，這個隊伍像一條出穴的兇惡而美麗的蟒蛇，使所有懼怕它的和不懼怕它的人們都十分地被它所吸引。——這一隊敵人大概是從江橋方面來的。看來江橋是毫無聲息的陷落了，而且誰也不能斷定南翔是否還在中國軍的手里。

蘇州河北岸的戰鬥也許全都結束了，失去了戰鬥力的中國軍看來已經撤退完了，不然日本軍不會這樣驕傲，他們挺着胸，排着整齊的行列，戰鬥斥候也不放出半個，槍桿，刺刀，以及身上的軍服看來都是簇新的，他們的體格看來都十分壯健，肩膀張得很闊，雖然有些矮得不成樣子。他們這樣舒舒服服的在闊路上走着，彷彿來的時候既然和戰鬥沒有關係，如今走向那里去也絕對地不會遇到戰鬥，……

黃色的行列在公路上行進 雪亮的刺刀在暮景中發射出瘖白色的光燄——掩藏在小河邊的十五個挺着槍尖，面對着近在二十米達外的公路橋樑，——這是預定了的，他們一定是從公路上過橋的日本兵最初發現的第一批敵手，驕縱的日本兵在這里最初發現的第一批敵手便是他們。

十五個戰鬥兵依托着小河邊的潮濕而發鬆的泥土，沉毅地發出了猛烈的排槍，槍聲震撼了四週的原野，彷彿有一陣暴烈的狂風在這里吹過，空間里久久不歇地起着劇烈的騷動，——這里相隔約有千分之一秒鐘的靜默，這是一個痛苦的令人顫抖的時間，在這千分之一秒的時間中，十五個，這最初把身軀投入戰鬥的勇士們，必須寫完這個慘淡的課題：他們必須把自己從胆怯與柔弱中救出，一再的使自己的惶惑的靈魂得到堅定，從而站牢着脚跟，在胸腔里燃燒起炎熱的戰鬥的烈火，用獅子一樣的獰惡可怖的面目去注視當前的敵人，……

水門汀的灰白色的橋樑像一隻發怒的野獸似的抖動那龐大的身軀，彷彿在那上面發出了一重濃霧，那抖動 橋樑在倏忽之間完全濛糊了自己的影子。排列在公路上的日本兵的整齊的隊伍像一列美麗，奢侈的玩偶，他們在那神祕的千分之一秒的時間中，絲毫不能使自己的隊形有所變動，只聽見一聲聲的狂叫的粗獷的聲音，從那怪異的隊伍中發出，而埋伏的中國軍正也在這里把握到非常充分的戰鬥的餘裕。

有二十七個中國軍用猛烈的火力作着前導，從一個稀疏的樹林里閃出了他們的藍灰色的姿影，他們在戰鬥中完全捨絕了所有一切的掩蔽，一個個走過那青綠色的田圃，把自己的藍灰色的影子完全顯露。在那灰暗的晚色中可以清楚地瞧見。二十七個的躍進的姿影說明了這急不容緩的戰鬥時機，他們躍進了，他們交出了一切，把一切都給與了戰鬥，——猛烈的槍聲震盪着耳鼓，震盪着四週的靜默的原野，沉重地緊壓着低空。地面上突然昇起了一陣陣的厚厚的塵土，這塵土幾乎要把低空里的一切全都掩蔽。

有三個年少的中國軍從村子的背面走上了村子與公路之間的高高的土墩，他們急激地放射了排槍，這暴烈的戰鬥場面叫他們如夢初醒似的發出了驚愕，他們用全生的力量去凝視當前的勁敵，却似乎還不能夠把射擊的目標把握得更準些。

二十七個的躍進的姿影說明了這急不容緩的戰鬥時機……他們跟隨着夜陰的來臨而濛糊了光輝煥發的面目，他們對敵人的攻擊有如雷電的迅急，而他們這時候所戰取的却僅僅是從田圃到公路間的三十米達的行程，……

在村子西側的一間小屋子的門口，林青史碰見了高峯和八個帶匣子槍的戰鬥兵，……

——上屋頂！……上屋頂！……林青史厲聲地這樣叫，嚴峻的目光在高峯的慘淡的面孔上碰出了火燄。

由兩個兵士的肩膀作爲扶梯，第一個兵士攀登上去了。

於是第二個。

第三個。

高峯的受傷的左手劇烈地發出顫抖，他頻頻地向着林青史點頭 一如恍然地有所領悟，對於自己身受的巨重的任務毫無異言，——他是攀登上去的第四個，他的矯捷和機警使林青史暗暗地發出驚愕，……在狂噪的槍聲中可以淸楚地聽見，高峯，那恢復了戰鬥力的勇敢的戰士，用非常洪亮的聲音這樣叫：

——上！——上！——還要高些，要爬上屋頂的脊樑！望得見麼？敵人在那里望得見麼？放！猛烈的放！……

敵人的猛烈的火力集注在這屋頂的上面，機關槍的子彈依據着縱橫交錯的線在屋頂上往來馳驟，破碎的飛舞的瓦片發出巨獸一樣的兇惡的吼鳴。

是有三個戰鬥兵在同一個時候中從屋頂上滾下了，殘破的屋頂在敵火的攻擊之下簌顫地彷彿要從地面上昇起，敵人的機關槍的子彈有時候集中傾注在屋角上，屋角崩陷了，石灰的濃烈的氣味和血腥混合，構成了一種沉重難聞的氣體。

當戰鬥結束下來的時候，林青史隊一匹疲累的馬似的垂下頭來，高聳着肩膀，腳脛變得有點跛，上身在空間里劇烈地作着抖動，他默默地走出了村子的東邊，和他的部下相見的時候，把高舉着的手輕輕的稍為擺動了一擺動，彷彿有意地要對他的部下實行躲閃，至少他這時候不高興和他的部下交談，一和他的部下碰頭的時候總是匆匆地從這邊跑到那邊去。

從這公路上開過的日本兵至少有一個營以上的兵力，這里有七個步兵的野戰排，一個附屬的通訊分隊，七個野戰排除了一小部份給逃脫了之外，其餘的和那附屬的通訊分隊在中國軍的襲擊之下完全殲滅了。橋以南一里多的公路上以及公路的兩邊堆滿了屍體，被擊倒下來的馬匹，槍械，彈藥，通訊器材，——中國軍冷落地從激烈的戰鬥中突然走進了這個悲慘，可怕的地區，像行動在曠野上的狠羣似的，顯得寂寞，疏散而鬆懈，然而野蠻地作着貪婪的追尋。

細雨好像濃霧，天上的雲層染着淡黑色，——砲聲在人們的暈濛的耳朵里成爲沉重而陰啞……靠着一條小河流的岸邊，有着一個很小的古舊的，破落的市鎮，小河流從南到北，黑的爛泥，黑的汚水，像一條骨腐肉落的死蛇似的靜靜地躺着，無限止地發散着令人窒息的奇臭。巨重的炸彈落在一層橋樑的上面，橋樑翻倒下去了，不知從那里來的一堆新的泥土，像山丘似 塡滿了小河流，靠近着橋樑的碎石築成的街道——這小市鎮唯一的街道裂開了很寬的縫隙，而令人觸目驚心的是，用這道縫隙作界線，靠近着小河流的這一邊的地面和房子全部落陷下去了，這里一連有八座房子在炸彈的可怖的威力之下變成了斷壁碎瓦。——從這里向東走不到十五米達，有一匹馬和五個兵士的腐爛的屍體在橫陳着，……

——……餓得很呵！一個黑面孔的兵士這樣叫，他坐在一個很大的木製的車輪上，一隻手用力地按着深深地凹陷着的肚皮。

在他的左邊站立着的是一個瘦小的湖南人，他的軍帽子低低地壓着額頭，一副沉鬱的面孔總是很過分的向上仰，他把身上背着的一枝日本的十一年式的手提機關槍擱在脚邊，默默地對那黑面孔的兵士點了點頭。

隊伍暫時地在這死的市鎮里歇息下來，他們帶來了勝利，帶來了疲困和飢餓。他們散亂地在街上躺下了，疲困和飢餓給予了他們不能忍耐的嚴重的折磨，……

細雨逐漸的加大了，兵士們有一半躺倒在爛泥上面，許多人失去了草鞋 失去了襪子。

——餓得很呵！

——這里一點水也沒有！

——同志們 我們得轉回嘉定去，我們在這里兜圈子有什麼用呢

——不，嘉定太遠了，到 翔去吧，到南翔去要近得多！

——喂，你們在日本兵的身上檢到酒麼？

一提到這個，人們哈哈地笑起來了

——是呵，我檢到了一瓶威士忌。

——不要互相瞞騙吧！還有麵包和火腿，

於是有人在「麵包」和「火腿」這香噴噴的名辭下本能地伸出了乞討的手。

——分點來吧！分點來吧！

——都吃下了……

——那麼再不准叫餓了！

——同志們，一樣的，吃了也是一樣的，……

這時候，有兩個兵士抬過了高峯的屍體，——他在這次的戰鬥中受了重傷，在路上死去了——在他們的後面，有林青史，特務長，還有八個戰鬥兵，那光榮的犧牲者的同志和友人們，在背後跟隨着。林青史揮着臂膊，他低聲地這樣叫：

——同志們，站起來吧！立正吧！……要的，要立正的。……

兵士們踉蹌地從地上爬起來，新的漂亮的武器拋擲在地上，鬆懈了的彈藥帶像蛇似的胡亂地在腰背上懸掛着，有的一隻手拉着解脫了的綳腿，彷彿在峻險的山嶺上爬行似的佝僂着身子。血的氣味重重地壓迫着他們，使他們不敢對那英勇的戰士的屍體作仰視。

於是人類進入了 個莊嚴而富靜的世界，他們的靈魂和肉體都靜默 來，赤裸裸地浸浴在一種凜肅的氣氛里面 摒除了平日的偏私，邪慾，不可告人的意念，好像說：

——同志 在你的身邊 我們把自己交出了，看呵，就這樣，赤裸裸地！

兩個兵士穩定地，慢慢地走着，屏着氣息，彷彿注意着已死的鬥士的靈魂和他的遺骸的結合點，不要使他受了驚動，要和原來一樣的保存他的一個意念，一個 作，一個姿勢，……

殘酷的戰 奪去了英勇的鬥士的身軀。他是這麼年輕，他默默地躺在那用竹椅做成的担架牀上，血的頭髮，血的耳朵，血的鼻子，未死的戰士們會永遠熟悉他的相貌，永遠熟悉他存於胸臆間的靈魂和意志。

兩邊的兵士都低下頭來，——兩個兵士越發變得遲鈍起來，沉重的屍體在自造的担架牀上劇烈地抖動着。然而一切都更加靜默了，凜然地站立着的弟兄們彷佛一致的對他們的鬥士的靈魂作着最親摯的問訊。

——同志，安息吧！安息在我們的心中，只要你能夠獲得一點安慰，凡是你所需要的我們都無條件的交給你。在這殘酷的戰鬥中我們要鍛鍊出鋼般堅硬的肩背，用這肩背來荷載你以及所有的戰死者們的骷髏……

猛烈的砲聲震撼着上空　蘇州河以北的地區始終不曾停止過戰鬥。可怕的變動又開始了，——三十七架的日本飛機，帶着震撼一切的威武掠過了上空，在北面相距約兩公里外的地區，施行了瘋狂的爆炸，在溟濛的天色中可以清楚地望見，三十七架的日本飛機在北面相距約兩公里外的地區的上空，像春天的燕子，非常活躍地在舞動那黑灰色的影子。巨量的炸彈的爆炸聲和砲聲混在一道，構成了一種巨大的驚人的音響，四週的田野間有無數的老百姓像打破了巢穴的螞蟻似的在奔竄，……

二十分鐘之後，一切的情況都清楚地判明了。

林青史非常靜穆地喃喃的說，

——如果猛勇地再幹一次……怎麼樣呢？

弟兄們非常吃力地在聽取着，一個個像神經麻木的老頭子似的十分地不容易領悟，但是他們的態度是忠誠的，懇切的，對于林青史的話他們幾乎用了整個的靈魂去接受。

林青史于是下了急行進的命令，他告訴所有的弟兄們，現在唯一的目的是如何迅速地去接近正在和友軍戰鬥中的敵人。

如果中途遇到了空襲呢？

如果中途遇到了敵人的截擊呢？

是的，這些都是可慮的，——但是，還是迅速地行進吧！迅速地行進，……迅速地……因爲在這里，隊伍可以忍受任何巨重的意外的損害，却絕對地不能容過這戰鬥的時機！

隊伍成爲散亂而不完整的連縱隊，嚴重的疲困和飢餓繼續折磨着每一個的靈魂和體力，他們遲鈍地踏着沉重的步子，這行列有一個特徵，就是，堅定，沉着，一點也不暴躁．然而這是危險的，要是再進一步，那就近乎鬆懈了，甚至要墮失了戰鬥的熱熾的意圖。

意外地，隊伍剛剛通過了一個村子，很快地就加入了戰鬥，——他們是不會把自己隱藏起來的，停止和掩蔽在這里都絕對地成爲不可能，敵人的廣大的散兵羣在兩邊藏着瘋狂地襲擊這個隊伍　從四面發出的可怕的吶喊聲企圖着動搖他們的意志，但是他們只是來一個澈底的不理會，他們的路綫是要像一把刀似的直入敵人的陣地的臟腑，這個路線決不爲了其他的突發事件而改變分毫，……他們于是造成了一個戰鬥的險境，并且把自己驅入于這個戰鬥的險境里面，敵人的四方八面的攻擊使他們陷進了絕望的重圍。從最初起，戰鬥就走上了肉搏的階段，——他們一個個挨近着身子，淸楚地目擊着彼此所遭受的運命，……

在一幅長滿着扁柏的坟地上，五個中國軍占據了一個優良的據點，他們步槍發射了非常單薄的火力，却非常準確地使每一顆子彈都能夠擊倒一個敵人。有三架機關槍在一座高拱的橋樑上以十五米達的短距離對準那坟地射擊，扁柏的扁葉子紛紛地斷成了碎片，像蝗虫似的在空中作着飛舞，但是一瞬的時間過後，三架機關槍立即暗然地停止了呼吸，——這里有三個中國軍在對那橋樑施行威猛的逆襲，他們所用的是手榴彈，三架機關槍唱出的顫動的調子在手榴彈的爆炸聲中突然中斷，橋樑上的八個日本兵有五個倒下了，繼着是用白刃戰來完結了其餘三個的可悲的運命。從這里向南望，近在二十米達外，從西到東，流着一條很小的小河流，燈心草和水蓮的焦紅色的殘軀掩蓋了流水，小河流的彼岸是一列新建的白牆壁的小屋子，有一排左右的中國軍沿着那白牆壁的脚下作着躍進，另外，在那一列小屋子的背面。又有一排的中國軍，用一幅棉田作着掩護，向着同一的方向在尋覓他們的對手。他們的樣子看來大慨都差不多，彎着腰，曲着兩股，上身過分地突向前面，沒有綳得很緊的彈藥帶和乾粮袋，在凹陷着的肚皮下劇烈地作着抖動，疲困和飢餓又阻撓着他們的行進，有的身上帶了兩桿槍，還有別的戰利品，那麼在這樣的行程中他們只好顯得更加沒有把握，簡直隨時隨地都有被擊倒下來，或者像一塊大石塊似的暈濛地擣進河浜里去的可能，……

於是戰士們底眼前映出了一幅巨大的，美麗而莊嚴的畫景，在一個沿着水池的岸邊長起來的竹林下，散亂地擺列着七尊敵人的被炸毀了的重砲，這是一個驚人的耀眼的發現，躍進的中國軍不能不呆住了，——這里只有一堆堆橫陳着的敵軍的死尸，能夠留存了性命的敵軍都逃去了，能夠堅定地繼續作戰的砲兵一個也沒有，中國軍非常驚愕地否認這個突發的意外的情景，他們幾乎要停歇下來，向來所有敗走的敵軍退還這個偶然的勝利。

這次和敵人正面作戰的是×××師三十六團。——當戰鬥結束之後，林青史帶回了他們殘存的隊伍，下午七點鐘光景，在陸家池找到了三十六團的團部。

三十六團的團長，一個高大，壯健的雲南人，他對林青史這樣說，

——你們這一次打得好極了，——但是你知道麼，這一次的勝利對于我們整個陣線可以說毫無意義，我們要撤退了，我們是一個掩護撤退的隊伍，任務是無論在勝利或失敗的局面下都必須把它完成的，……

林青史請求他幫助他們三日的糧食，但一點也沒有得到答應。

林青史從三十六團的團部囘來後不到十分鐘，三十六團開始撤退了。但是在撤退之前，他們還有附帶必須要幹的一件事，就是迫使林青史的隊伍立卽繳械。

一個營長這樣轉達了他們的團長的意見，林青史質問他爲什麼要繳械的理由，他說是「你們的來歷不明」。

就這樣，三十六團的弟兄們開槍了。他們用了五個連的雄厚的兵力來參與這個富于娛樂性的戰鬥。

林青史决定給他們來一個猛烈的逆襲。但是不好，他們的隊伍太疲勞了，他們

在這次戰鬥中剩下來的只有五十多人，他們再也不能担任這個最後一擊的任務。

于是像一簇燦爛煇煌的篝火的熄滅，英勇的第四連就在這個陰黧的晚上宣告完全解體了，而可惜的是，他們不失敗于日本軍猛烈的砲火下，却消滅乎自己的友軍的手里。

一如以上所述的情形，林青史，那漂亮而稚弱的少年軍官，在這一次偉大的戰鬥中是這樣的完成了自己的任務。

但是他并沒有完結了他底性命，他竟能夠從那險惡的處境中安然逃出，他像一隻駱駝，必須負載着這巨重的担子走盡了他的壯烈而痛楚的路程。

他獨自一個人在黑夜中摸索，好幾次猛撲在積滿着汚泥的罅地里，身上的衣服全濕了。 里是飢餓，疲困和寒冷。天色微明的時候，——他發現自己像一隻被擊傷的狗似的躺倒在一條潮濕的泥濘的公路邊，——他聽見有一隊中國軍在公路邊開過，而在這個中國軍的隊伍中，他發現了一個熟人所發出的聲音。他是第三營——和林青史同一團的第三營營部的特務長，他知道林青史的直屬營部的所在地。

細雨還在下着，砲聲疎落而遼遠。過度的喜悅使林青史恢復了體力，他非常激動地對他底朋友述說了數日來在火綫上苦鬥的情形，——特務長，那和靄的中年人深深地被感動了。

——中國的新軍人果然在舊的隊伍中產生了！他這樣讚歎着。

但是他又告訴林青史，營長高華吉已經對上峯呈報了林青史底罪狀，林青史如果回到他們的營部，恐怕要被處決，爲了保持林青史底寶貴的戰鬥歷史，爲了保持抗日的有生力量，他勸林青史對那嚴峻的軍法實行逃遁。

林青史在數日來的戰鬥中有着慷慨激昂的精神生活，以至忘記了自己行動上的錯誤，聽了他底朋友的報告之後，知道自己犯了極大的罪過，——他完全轉變了一個人，數日來的英勇的戰績完全地被否定了，除了譴責自己之外，他再沒有新的認識可以叫他從一個死的囚徒的地位獲救。他雖然知道自己的運命的危險，但是爲了成全自己底人格，他决不逃遁，——他堅决地囘到營部去，在營長的面前告了罪。

自然，營長是不會饒恕他的。一見面就立即把他槍决了　而林青史對這嚴峻的刑罰却一點也不爲自己辯護。

一九三八，四・十二，建德・

紅花地之守禦

我們底隊伍有一個奇特的標幟，就是，我們每一個人底背上都着江平喀籍的居民所特有的箬帽，這箬帽，頭是尖的，有着一條大而牢固的邊，上面是一重薄而黃色的油紙，寫着四個字，「銀合金記」。我底朋友們也戴這樣的箬帽，並且也在上面寫着四個字，什麼「浪合諸記」，「補合凍記」之類，大概都是自己安的番號，冠首的兩個字還沒有什麼，所覺得珍貴的是那「合」和「記」兩個字，幾乎無論怎樣都不能把它們拋掉。——江平喀藉的居民平常安的是短帶子，短帶子只適合於把箬帽戴在頭上而已，我們還得把這短帶子改造一下，安成長帶子，不戴的時候可以在背上揹，這是從軍隊裏傳染到的氣習，我們，幾乎每一個都覺得非把箬帽揹在背上不可，頭上呢，有日的時候讓日曬，下雨的時候讓雨淋，都沒有什麼關係，大概是我們現在都自以爲已經變成軍隊了的緣故吧！我們都很年輕，而且一大半脫離學校生活的日子還不久，大家都有點孩子氣，愛學人家的一點皮毛上的東西，而況我們向來對於一切工作所取的態度正也是這樣．雖然一面是嚴肅地幷且幾乎是機械地在功利上講究效率，別一面，却像小孩子戲玩似的，樣都樣覺得很有趣，很生動，因爲這戰鬥無論怎樣野蠻，殘酷，對於我們，却都有着更深一層的把握，我們竟能在這野蠻殘酷的裏面去尋出饒有趣味的消遣，從戰鬥的本身就感受到一種剛强的美，沉毅的美！……

楊望所帶底箬帽是新的，安着綠色的長帶子，那上面所寫的四個字是「貓合狗記」，他底結實而堅硬的脚穿着「千里馬」❶，「千里馬」的帶子也是鮮豔的綠色，就連安在墨水筆上底一條小繩子也是綠的。墨水筆上安着繩子，好教在夜行或跑步的時候不會把墨水筆丟掉，本來是爲着實用，慢慢的也就成爲一種時髦

❶ 用樹膠製成的特別牢固的草鞋。

的氣習了，至於爲什麼一定要是綠色，那可幷不是他自已底嗜好，當然，綠色在鮮豔的一點上，和楊望總指揮老大哥底粗野而壯健的格調就已經太不相稱了，——但是他管不了這些，他忙得很，在這些日子中，從他一身所發洩底精力是强勁而有近於暴戾的。雖然有時候，他底沈着和精密，可以使一件嚴重的事也化爲一種輕快的笑談……幷且，憑着少年人底充溢而奔放的閒情，他可以有一種異乎別人的嗜好，這不單指的是所用底帶子一定要是綠色，就是別的也一樣，例如，儘管手里底槍桿子在緊執着，而嘴里却還老是哼着對田畦上的少女們施行引誘底情歌，或者，如一般的朋友們所最易染到的習氣，木棍般的黑色而粗糙的脚也穿起最漂亮的緋紅色的襪子來了，諸如此類。……但是，對於楊望總指揮老大哥，可不要寃枉他吧，他連對自己底箬帽上的帶子看一看，鑑別它是紅是綠的時間都沒有！——而況這箬帽又是別人給他的，他底身上幾乎沒有一件是通過自己的嗜好，用自己的錢去購買得來的物品。他穿着一件黑灰色而有着極難看的黃色花紋的短衫，據說這短衫是在廣州的時候，一個莫明其妙的車仔佬朋友給他的，而他底褲却是有點怪異了，那是一件十足的日本貨，赭褐色，有着鮮黃色的幼小的條紋，條紋的上面起閃閃發亮的茸毛，這些亂七八糟的顏色塗在一個總指揮底身上，多少要使他變成一個戲子 在動作上顯得矯揉造作起來的吧。——這又越說越和他底性格離得遠了，……

從這一次戰役中發生了的特殊事件所照示，楊望，這總指揮老大哥底鋼殺堅硬的格調是造成了！——這之前，我從他底身上所得的印象還是有點雜亂。他從廣州回來的時候，背上揹着的是正規的隊伍所用底銅鼓帽，穿着藍布衣服，很髒，赤足，腰邊歪歪地揹着一個黃色皮袋，面孔是比現在還要黑，頭髮的蕪長和什亂還是一個樣，不過那嚴厲而沈鬱的神情比現在還要老一點。我們第三區梅隴市有一個類似郵差的替人派信的人物，那樣子是和他相肖極了，并且連他睜圓着長睫毛的大眼，獰惡地笑了起來的表情也很相肖。他說話的時候，曲着五指 像抓住了一件什麼，眼睛向前面直射，牢固的雙顎互相地作着有力的磨動，磨動得很痛苦，以至嘶嘶地噴着口沫。——那一次，他底樣子有點鹵莽，一逕衝入我們底「俱樂部」來，也不按門鈴；那時我在這「俱樂部」裏當着祕書長的職務，我是有權力阻止他的，但是他抗拒了，彷彿他是百年來長居在此間的老主人，而我不過是一個新近才被僱傭的僕役一樣。我不認識這個人就是我們底老大哥楊壂，而他在廣州的××情報「先鋒」上面每次發表底文章，却已經讀過不少了。……他曾經請我和女朋友慧端去茶館里喝茶，他說他身上有八個大洋，在茶館里談起了一些有趣的事，竟至露出了他底一排整齊得，潔白得類似女人的牙齒，哈哈地大笑起來，一隻手把他底皮袋揉動得吱啁吱啁的響，這吱啁吱啁的響聲非常新穎，好幾次使我們停止了對其他一切的注意，立意地去尋究這響聲發出的源頭。的確，他全身都發散着新的氣息、他底談話使我對於遠方從未見過的情景也開始思索和想象了。我起初是有點怕他，以後却很親近他，由怕他到親近他，我可摸不出此中的界綫。有一次，我在自衞軍的總指揮部遇見他，他熱烈地接待着我；這時候恰巧他底母親來向他要錢，說自從他底父親死後（父親是眼看這兒子做出了許多殘暴的事情，恐怕將來要累及自已，所以自殺死去的），她底日子很苦。

楊望在自己底袋子裏搜尋了半天，卒至把袋子搗翻了，許多碎屑發臭的東西都跌落下來，只得到一個銅板。楊望把這個銅板交給他底母親之後，揮着手叫他底母親「走！」像我們平時對付乞丐一樣。這些事情，在我們許多朋友中都很喜歡談起，有時甚至還激起了小小的爭論，參謀團的主席董仲明就不直他底所爲。例如有一次，楊望叫他底弟弟去放哨，——他底弟弟是一個什麽都不懂，駝背，鷺鷥脚，又患着「發鷄盲❷的可憐虫，那一夜恰巧是楊望自己去查步哨，那可憐虫忘記了叫口令，楊望竟然立即一槍把他結果了，像這樣的事，主席董仲明就譏笑他過火，或者僞造！以後，關於楊望，還有種種的謠傳，據說楊望有一次到碣石，金廂沿海一帶的地區去解决了許多軍事上的困難問題，當地的農民竟然像信仰菩薩一樣的信仰他；「這是不吉利的現象」，那時候有人投給縣政府的匿名信是這樣寫着，「因爲，我爲什麽要那樣激烈的反對他呢？豈不是，如果長此下去，民衆底整個的信念，要轉移到個人底信仰上去了嗎？……」而總指揮楊望，

❷ 一到晚黑就變成瞎眼的病症

他一向是這樣的樸素，他決不在口頭的聲辯上去費工夫，他着着實實的工作着，他度過了不少的難關，也爬過不少歷史的極高的頂點，他所取的全是一種闊達，高遠，俯瞰的態度，他彷彿脚上穿着厚而牢固的皮靴，不管脚底下有多少荊棘，只是向前邁步着，這在他幾乎是失却感覺而麻木了的一樣，……

但是不管怎樣，我却要重複地再說，從這次戰役中發生了的特殊事件所昭示，楊望，這總指揮老大哥底鋼般堅硬的格調是造成了！

我們，背上揹着江平喀藉的居民所特有的箬帽的隊伍，在九月初旬某日的下午 乘着日將下山，暮氣籠罩的黃昏，從夏風城出發到紅花地前線去。我們沒有在公共體育場集合，——開歡送會，演說等事 一點也沒有，我們從各分隊底駐地獨自出發，分散了外間底注意力，到距縣城二十多里的雙桂山地方才作一個總的匯合。我們決意當和敵人接觸的時候作一次不怎麼認眞的輕兵戰，服裝和所帶底物品都力求簡單，一點多餘的東西都不帶。平時我們作一次示威游行就預備了一些救傷隊，現在却什麼救傷隊都不用；工讀學校底女生幾乎全都願意在救傷隊里服務，她們都是些體格壯健，胆略過人的女朋友，但是我們不需要，如果她們誠懇地請求着要跟我們來，我們也拒絕。我們現在最着重的是輕便。像單單只剩了兩手兩脚時的輕便，在黑夜中進軍，我們願意我們底隊伍是一條黑——和黑夜一樣，不要參進別的任何色彩，就是農民的梭標隊也不要。看來，總指揮楊望是有着這個企圖：因爲我們這新組織成的三個分隊担任作戰還是最初第一次，總指揮楊望要給我們這新的隊伍以最乾脆的攷驗，他要看清這個新隊伍的機構，如果戰鬥一旦擺在它底面前，在它上面所喚起反應是怎樣，這些，他都非從一次最單純的戰鬥中去細心地加以試練不可。其實我們夏風城的軍隊都開到別地去應戰去了，如今要守禦紅花地的陣線，這職務就只好留給了我們。

在雙碓山集合的時候，總指揮楊望對我們的說話簡單得很，

——諸位，他底聲音扼制得低低地，他彷彿知道我們在初次上火綫之前都有着可怕的死的凝思，以至成爲一種有力的沉醉，這樣如果他底聲音一高了起來，就要把我們從這沉醉中驚醒似的；我們底陣地在紅花地，你們知道紅花地距離縣

城不過三十多里遠嗎？如果紅花地不能守，就逃回縣城去挖自己底墓穴去吧！……喂，記得嗎？在路上要靜着——連一點咳嗽也不准有！——於是揮動了他底右手：走吧！低低地叫着，他底面孔堆着怒容，似乎很憂鬱，但是他平靜地說完了他底話，聲音沒有抑揚，始終不曾稍微有所激動，而他底怒容也始終沒有變改多少。

我們很靜默，不過都沒有立正，用各人自己喜歡的姿勢站立着，大家互相地來一個壯健的微笑，有近於散懶或鬆懈的樣子。——這時候，太陽發出粗線條的光燄向我們平射着來，整個的隊伍呈着腐敗可怕的白色，總指揮楊以底黑而孔幾乎有半邊也變成白，別的人却避免了夕陽底猛射，把面孔躱在灰黯的陰影里去。槍尾的刺刀有的有，有的沒有，很不整齊，彈藥帶有的是皮革製的，有的是藍布製的，圍在各人的背上——此外是在胸前作着交叉的紅紅綠綠的箬帽帶子，簡單，明瞭，再沒有別的更複雜的配備了。……當我們在撒滿着粗粒的砂石的小路上走着的時候，總指揮楊默默地走在我們底前頭，他底身邊跟隨着的兩個武裝的傳令兵，自覺得很寂寞的樣子，當隊伍一彎曲的時候總是頻頻地對我們回顧着。我們整個底隊伍都很靜默，路上底砂礫在草鞋的踐踏下互相地擊動着，跳躍着，低低地發出了一片陰啞的嘈音，這嘈音并且還似乎標誌着我們底隊伍行進的速率。的確，我們的隊伍是行進得意外的急促，——夏風城底屋宇本來不成樣子，是那樣的又破爛又低矮，離開了它，就顯見得更加乾癟了，回頭一望，只有一些高低不等的樹梢在地平綫上聳立着，彷彿是一座廢圩，縱跡不明似的模糊下去了，疏遠下去了，蒼色而闊大的天，冷淡地毫無異樣地把這個給千萬人底熱血冲激着的城覆蓋着，簡直是有意拋擲了它，從而放縱地忘掉了它似的。這個城現在却也變得很寂靜，所能望見的深藍色的樹梢，正和近邊的一些死灰色的小山阜啣接着，簡直是荒原一片。天是一陣黑似一陣，而那深藍色的樹梢，也很快地變成了一簇簇的陰影。我不曉得我們和夏風城離別的那個黃昏為什麼是這樣的憂鬱無聲……我們底隊伍也是這樣出奇地靜默着。——戰鬥，似乎只是可以遠遠地傳聞着而不會在自己底近邊發生的事，我們現在是親自地承受着，担當着，并且，從這裏所將要發生的一切變動，我們是親自地承受着，担當着。——就這樣，我們靜默了　我們要用這靜默來陪伴那靜默的城，來安慰那靜默的城，……

最初出現的星兒，遼遠地放射着壯健而充溢的光亮，并且默默地互相鼓湧着，激動着，發出了誓言似的，要用那光亮來延接已經過去的白晝，渡過這個夜晚，以抵達明天底晨曉。這個活躍而生動的掙扎使夜幕變改了黃昏的衰頹而沉進了更深的黑暗，星兒們也因之更加鮮亮，更加企圖着把黑暗區別在光亮以外的地方。路上的白色的砂礫漸漸地在黑暗中顯現了，不過泛出了河水一樣的油光色，教我們像看見了燐火一樣的怵惕着，然而我們行進着底草鞋却還是急促地一步步踏實着它。——冰冷的夜風送來了遠近的村落底狗吠聲，這狗吠聲總是那樣的若斷若續，似乎是疑懼不定，又似乎是故意發出的訊號，這訊號彷彿要使一切祕密地行使着的暴力都失去效率。——黑夜中的樹林，貓頭鷹學着最古舊最可怖的聲音，驕倨，自大，拉長地重複地呼叫着，彷彿所有一切黑暗的勢力都被召集來了。路邊的小溝渠，爽朗地彈動着喉嚨，長遠不息地歌唱着，……

× × ×

當天色微妙地從黑暗開始慢慢地變白的當兒，我們，還不到兩百人的三個小小的分隊，就在紅花地的深邃的森林里掩藏好了，……

紅花地是夏風城北面蓮花山麓底一幅長達五十多里的斜坡，濃密地長着由老鼠艮③杉木，黑山綢④，白土藤，有刺的麻竹等等混合而成的大森林，——我雖然在夏風這一小塊的土地上出世，是一個道地的夏風土人，但是這有名的紅花地大森林於我却還是生疎得很。這里面，一向給夏風底鄉民認爲神怪的地區。樵子和「割草婆」們底口中，關於這神怪的地區有令人慴慄的可怖的故事在傳聞着，這些傳聞使所有的樵子和「割草婆」們都趦趄不前，致令夏風十數萬人羣把這富饒的森林拋擲不用，而他們在日常生活上所需要的燃料，木具，以及建設上所需要的木材，就只好仰給於外境。在那些不能一一命名的種類複雜的樹木里面，不曉得有多少憑仗了那可怖的傳聞底威力 和世人隔下了强固的長城，保全了

③④都是樹名

幾千百年的壽命。這實在是一座森林底最古的城壘，現在，爲着軍事上的需要，我們把這城堡占據了，——這里有一條小路是夏風縣境西面一個頗重要的進入口，據確實的探報，敵人的進襲夏風，除了用他們底主力向后門，梅隴一帶推進之外，他們底別動隊正採用了這條小路，這別動隊底前頭隊伍約在這天（我們從夏風城開拔的次日）午前到達邊境。我們是這樣匆匆地，冒失地走着來了，依照一句叫喊了很久的口號 是——歡迎敵人的來臨！

朝晨的北風吹得更緊了，這古舊的大森林咻咻地呼着長氣，間或又深深地歎息着 我們——實數一共一百八十五名的隊伍，按照着複雜多樣的計劃，單薄地分散在不同的地點。隨着天色漸次的明亮，我們躲避了所有顯露而易於被覺察的地方，接連變換了不少次掩藏的地點。——梅隴人高偉，莫愁，彭元岳，捷勝人劉宗仁劉友達，和我，一共六個人，在一條山澗的岸邊，面對那相距有六七步左右的小石坂據守着。這山澗底兩岸，澗底——總之它全身底骨骼都是一些奇模怪樣的亂石所造成，奔瀉着的流泉，從上到下，十分地威猛而且激動，不斷地披着瀑布，飛濺着，怒噴着，廢除了所有的節拍和韻律，瘋狂的叫囂着；兩岸，在黑色的大石底邊旁，長長的紅脚草很有禮貌地，隔着那瘋狂的流水，互相的點着頭：一種不知名的深綠色的土藤，用厚而多汁的怪異的軀幹，悄悄地從石底裂縫里爬了出來，分了支，又各自據着不同的方向出動，在石底每一突出的部份，前行的蛇似的高舉着頭，互相的窺探着，渾身發散出一種强烈得幾乎令人噴嚏不止的奇臭。——水面上昇騰着白煙，彷彿那瘋狂的流水是真的在沸着。上面 森林底巨粗的木條交織着集密的樑棟，樑棟上又給枝葉舖成了極厚的屋頂，隔絕了天空，新的陽光從這屋頂底縫隙漏下來，斜斜地從這一邊射過那一邊，奄奄地變成了蛛絲一樣的嫩弱了；：

就在小石橋那邊，來了三個敵人底尖兵，——

他們，一樣高低的個子，穿着一律的黃色制服，戴着赭褐色的鋼盔，……敏捷，精警，要覺察別人，不要被別人所覺察。走起路來，像精警的野獸，可以完全聽不見脚步的聲音。正規的隊伍，受了嚴格的軍事教育，在操場上和講堂裏所學得的一切都可以搬到山林裏來應用了，瞄準，射擊，都可以依據着一定的姿勢；彈道在空氣裏所繪畫的弧形都可以分出最準確的角度來！……

但是我們却從最不易被覺察的地方在窺伺着他們，——我們看得很清楚：開望遠鏡，耳語，糊裏糊塗地皺着眉頭思索了好一會，鹵莽起來就拔足挺進的表情和動作都一無遺漏地映入了我們底眼簾。……我底胆子是壯大了起來了，不知怎樣，急於要放小便似的，混身總覺痾癢得難以忍煞，情緒已經變成了極度的暴躁和野蠻，——在這里，我覺得除了宗教二字之外，當戰士在處理牠們底獵獲品的當兒　再沒有更虔誠更果決的形容辭了，——想到敵人在臨死的爭殊之一秒鐘的時間以前還可以不覺察自己將至的運命，而這運命是恰好在自己底手裏掌握着，什麼是强勁，什麼是勝利的眞諦也深深地領悟了。這又是唯有戰士才能享受的幸運！……

六個人中底首領，梅隴人高偉，一個當木炭伕出身的壯健的少年人，他底圓大的眼睛，像下等動物底複眼，拼命地去凝視敵人，并且拼命地把敵人底影子擴大着；他是委實太鹵莽了，他對於這戰鬥底範圍的大小是可以說毫無計算，就是處理一件最微小的事，也不惜動員了畢生的精力。——對於他，戰鬥和世間上所有一切有趣的玩藝完全兩樣，他是澈頭澈尾地把戰鬥當作一個最殘暴，最嚴重的主題在發揮着；他對於戰鬥的兇惡，戰鬥的醜野毫無忌諱，他喜歡赤裸裸地在戰鬥底紅燄燄的光輝中濯浴着。……他底斜斜地倚靠在大石邊的上身擺動了，他在瞬息間所决定的主意，不單是他自己，而且還有我們五個人在絕對忠誠地一同執行着！這是一個奇蹟，彭元岳、莫愁，劉宗仁，劉友達和我，我們五個人在戰鬥中和我們底分隊長高偉，完全地互相配合——高偉底左手緊緊地握住了槍桿，槍尾的白色的刺刀分外地發亮着。……

約莫過了吃一頓飯那麼久的時間，什麼都完畢了，——總指揮楊望所决定底最初施行的計劃，成功得像無意之間從路上拾得的一樣。——當然，敵人底密集隊伍這時候是可以安心放胆地向這神祕的大森林裏長驅直進了，而他們安在額上的觸角給我們悄悄地拔掉了却還是不知道！

西面，距我們這裏約莫二十里遠的地方，大森林像突然暴病了似的陰啞地深隱地叫號着——爲老大哥楊望所直接帶領的戰士們已經把緊密的排槍放射了！

戰士們利用了複什神祕的地形，并且憑着極短的距離，他們在每一顆子彈放射之前都握有着沉着地正確地瞄準的餘裕，當每一次的猛烈的排槍放射之後，趁着敵人底隊伍狼狽地分解的當兒，他們學着敵人底兵士所能懂的方言，喊出了清晰的最高音，「繳槍！」——「歡迎投降！」……和敵人倉煌地還擊的雜亂的槍聲交換着……這火綫是從最遠的地方點燃起，隨之迅速地蔓延到近邊的地方，我們這裏要算是火線底終點，而我們六個人底排槍，也已經遠遠地和最前頭的排槍呼應起來。

我們發現了從那整列的隊伍中分解出來的一隊敵人，他們底人數約莫在三十左右，他們顯然很鎮靜，在這樣深邃的大森林裏面，東西南北的方向還能夠認清着，——但是他們一味兒只是奪路而走的企圖却被我們阻止了！在這裏，我慶幸着，我發現了高偉底戰鬥的天才，他底胆量又好，射擊又準確，他每一次從「

靜」入「動」，從沉默着至揮動着臂膊奮力高呼，其中都有着很足以使我長遠地記憶着的明確的特點，而我却實在抱憾得很，我終於沒有把這些都微妙地加以彫塑的能力，總之，他作爲一個戰士底威武是淋漓盡致地表現了。——他在敵人底面前最先出現，他奔向敵人的時候，上身總是過分地向前面突進着，而他使用刺刀的姿勢，我現在才明白，他底父親在他們的村落中是一個有名的拳師，無怪他向來就鄙視着舉槍，瞄準，射擊之類的軍事敎育，原來有他父親敎給他的自已底手法在應用着！我好幾次看見他底刺刀還未對敵人的身上實行劈刺之前，敵人底槍「就已經對着他瞄準了，射擊了，——不，其實（如果可能！）這還是千分之一秒鐘以後的事，而高偉却正在這千分之一秒鐘的時間之內，利用了最難於被覺察底優勢，把敵人制服着！他殺死一個敵人，總是用刺刀拚命地衝進敵人的胸膛然後，他決不把刺刀很快地就拔出來，他要親眼看定他底對手是怎樣的在他底刺刀之下確實地死了去，而他底對手從身上着了刺刀的一瞬間起，繼之傾斜着身體躺倒下來，以至於在地上仰臥或俯伏，這些變動，幾乎沒有一點不是直接地受了他底刺刀的威脅的結果，……

其次是彭元岳，他有點肥胖，個子不高，他是一個不折不扣的農民，正和通常的農民一樣，沒有受敎導的習慣，一種有力的敎導到了他底身上，就要成爲一種遲鈍而不能深入的東西，幾乎是一種天定的性格使他和敎育隔絕了。——他底面孔是又圓又大，表情很皮相，看不出更深的東西！他又愛笑，不管和誰人交談，總是聽見他哈哈地笑着，但是他也有着他自已底特點，他底射擊是比高偉還要準　對於敵人，他有着很確當的輕蔑。爲什麼這輕蔑是確當的呢？因爲他在輕蔑中幷沒有半點放縱敵人的意念在留存着；他底動作雖然有點近乎遲鈍，但是和敵人底惶急而倉卒的動作相比，這遲鈍在戰鬥底效用上是恰恰成爲了必要，而他愛笑的面孔也已經正式地緊張着！

劉宗仁和劉友達在射擊的位置是自頭到尾地幷排着，——他們兩位是同出一家的堂兄弟，面孔却像親兄弟一樣的相肖，在陸安師範，他們是高我一年級的同學，他們同樣是出人頭地的體育家，直到進了我們底隊伍，體育家的身份還是保持着，……

那奪路而走的數十名敵人，嚴正地保持着他們底成行的縱隊，而且是一個頗爲嚴緊的縱隊，他們在危急的時候惶亂地散開了，這當兒，他們一個個都幾乎要爲路邊的大石或大樹底橫根所絆倒，甚至手脚忙亂得槍也開不成，把整枝槍桿拋擲到我們這邊來了！但是一經集合而又成爲縱隊之後，他們底失去的胆量重又恢復，他們總是斜斜地向我們底近邊橫衝着，——這橫衝所加于我們身上的決不是一種直接有力的壓迫，不過我們却并不以爲這樣就對我們本身有利，我們要奔過他們底前面，迎頭攔住他們底去路，利用着他們魚貫而成的直線，使我們所發射底每一顆子彈都能夠殺死他們兩個至三個以上。——於是那最激烈的「白兵戰」⑤開始了，……我們，預早就給派定了負担這特務工作的六個人，每一個底槍尾都掛着雪亮的刺刀，——在這里，莫愁，那很早以前就混過了軍隊生活的高個子，和我實行了最徹最確當的合作，好幾次我們用兩把刺刀去逆襲同一個

⑤ 肉搏。

敵人，而當另一個敵人決定了他自己底方向，單獨對着他或者對着我直撲而來的當兒，我們似乎從中取得了約會的餘裕，又是一齊地用兩把刺刀去迎接着！

三十名左右的敵人已經有三分之一倒下，還有三分之一失去了戰鬥力，其餘的三分之一也正在急速地分解着的當兒，從我們底背後忽然又突出了三個敵人。——他們取了適當的地形，三桿槍沉着地一同對準着高偉底背影發射，……高偉在剛要爬過一個平斜面的大石的時候，毫無防備地用他底闊大的上身去接受那三顆子彈的橫襲，他無能爲力地倒下了，在倒下的一瞬間，他底槍還在手里高擎着。——於是戰鬥突然地陷進了危險的境界，原先被我們所追襲的敵人，好像一時有了新的警覺似的，他們已經轉回了槍口向我們採取攻勢。——彭元岳不知怎樣，他剛剛一閃過了一株大樹幹底背面就立身不穩起來，卒至搖搖不定的倒了下去，他是左胸上受傷了 但是他很鎮靜，他利用這一跌轉變了射擊的方向，出其不意地使那從我們背後襲來的三個敵人中的一個很準確地在太陽穴上接受了一顆子彈，其餘的兩個竟然狠狠地捨棄他們受傷的兄弟而走了！緊隨着他們底背後猛襲上去的是劉宗仁和劉友達兩兄弟——劉宗仁和劉友達大概已經用完了身上的子彈了吧，他們決不放槍，他們這一去是只靠挺着血污淋溼的刺刀，一逕向那兩個逃走的敵人直奔着，不知怎樣，這兩個逃走的敵人竟然失去了他們原來底鎮靜和勇猛，而爲劉宗仁劉友達他們直奔而進的可怖的氣勢所懾服，他們變成了毫無戰鬥的能力，當跑在前頭的劉宗仁底刺刀接近他們還不到五步的時候，他們便發覺了雖然武器在手裏緊執着也等於無用，因而都把槍桿子拋開了去，不愧赧地在兩位勝利者底面前屈膝下跪，但是這得不到劉宗仁和劉友達底饒恕，他們是毫無憐惜地結果了這兩個俘虜，給高偉復了仇！

這其間，西邊一帶的槍聲慢慢地減少，在中部担任作戰的兄弟和我們取得了聯絡。戰鬥似乎很早就失去了重心，對我們進行反攻底敵人，火力非常單薄，中部的兄弟有五個已經加上了我們底陣線，我們突然增加了一倍以上的火力，不消說，戰鬥底勝利從這一瞬間起就已經決定了下來！

二十分鐘後，紅花地全綫底戰鬥情形，瞭如指掌地擺在我們底面前，——我們小小的三分隊，一共還不上兩百人的隊伍，奇蹟地克服了敵人兩團底兵力，……

遺留在後頭，還未開進這森林裏來的敵人底大隊受了這意外的震驚，已經一拉而斷，向西撤退到三里外的布心圩地方去。——當然，我們底隊伍在這時被發現，對於他們正也是一種很好的情況，因爲他們只要抓住了我們這個目標 進攻這事就有了着落。——我們呢，對於敵人底更嚴重的進攻之防禦，是從這一刻起就必須緊密地準備着，但是我們整個的隊伍却開始了憂愁！

我們，在這一次初始的戰鬥中除了必須支付的正常的犧牲——死傷之外，剩下了一百四十三個人，用這一百四十三個人去接待敵人更嚴重的進攻，那是絕對地沒有問題！只是還有一件更繁重的任務，就是——看押俘虜，這俘虜底人數有三百多，超過我們全數再多一倍的數目，我們就是用整個的隊伍來担當看押俘虜的任務也還不夠。我們全部八個分隊的武力，有五個分隊已經開到梅隴方面去應付那更嚴重的戰鬥，在後方，全是赤手空拳的羣衆，——可以說是一兵一卒也沒有，我們還有援兵麼！那麼，我們只好把紅花地底貴的陣地斷送了？我們根本就夠不上守禦！……

楊望，我們底老大哥，這時候毫不動搖地決定了，——三百多的俘虜底黃色制服，强烈地，占多數地在我們底服裝不一律的近乎敗壞了的隊伍中參合着！學生出身的兄弟們比在火線上呼口號更進一步的宣傳工作也開始了。——三百多俘虜幾乎九成九是下級軍官和兵士，他們底態度是馴服得很；戰鬥，已經共同地都認爲是過去了的事，他們一般地都陷於一種愁苦而疲乏的狀態，有的用手巾在包紮手上或脚上的輕傷，有的在山澗湧喝水，雖然一堆堆地聚集着，而可驚的企圖在他們之中可以說是半點也沒有，他們也許多半都已經打消了各種的疑慮，靜待着我們底處理，我們對他們并不曾用過任何强暴的壓制手段，他們之中，間或互相地發出了談話，我們一給他們一個眼色也就把談話停止了。——但是總指揮楊望所發出底命令，祕密地，像强烈的電流，在我們彼此底耳邊交流着，爲着神聖的防禦之繼續，并且爲着一百四十三名底祕密（在這神祕的大森林裏面，敵人始終不明瞭我們到底有多少兵力），不要在這三百多的俘虜中被發露，總指揮楊望秘密地把他底命令發出之後，就屹然不動地在我們底側邊站立着，一隻手拚命地把他底長長的睫毛揉動着，似乎在叫他底兩隻圓大的眼睛要把這不容易控制的場面把握得更準些。

太陽光從樹梢底縫隙向下直射，時候已近正午，森林裏底冷氣低退了不少，我們也多少感到一種烘熱的氣流，——我底頭腦却沉重着，胸腔里起了在戰鬥中還不曾有過的氣喘，呼吸也不容易起來，幾乎感受到窒息的痛苦。……我好幾次想要對楊望提出異議，但是一看到楊望底一副鋼般的黑而冷的面孔時，內心似乎又受了一陣强烈的警醒和啓示，因之我底頭腦也變成冰冷了，幾乎是指頭觸摩楊望底冷面孔而起的感應，——我得爲自己慶幸——在楊望所領導底戰鬥中 我和我手裏底冰冷而犀利的武器是自始至終緊緊地結合着。……

這驚人的場面是終於痛楚地展開了！

我們，一百四十三人一齊地發射了一陣最猛烈的排槍，這排槍有着令人身心顫慄的威力，黃色的俘虜崩陷的小阜似的一角一角地倒下了，——隨着那數百具尸體笨重地顛仆的聲音，整個底森林顫抖了似的起着搖撼，黃葉和殘枝悚悚地落了下來，而我們底第二輪排槍正又發出在這當兒。

回顧我們自己底隊伍，是在森林裏的叢密的大樹幹的參合中，彎彎地展開着，作着對那黃紅交映的尸堆包圍的形勢，像一條弧形底牆，……

通訊員

一

林吉的門口，長着一株高大的檸檬樹。六月初間，曾在這檸檬樹下殺死一個收租的胖子。他的屍身橫架在樹根上 嘴巴還在一下一下的張合着，但是背步槍的已經回去了，在四面站着的人，望着林吉腰邊帶着的皮盒子說。

「哼，我說你那裏去！——來啦，你底曲尺到現在還不曾用過？……還不來，你還傻瓜！」

於是 林吉拔起了他底曲尺，對準那胖子的前額。

「砰！」林吉覺得手裏有點震盪，那胖子的頭顱便裂開了一個角。

「第一！」許多人都舉起手來，挺着一隻大拇指。

經過這樣的事件以後，林吉便給大　稱爲一個扳不脫量的人了。

二

林吉當了江萍區的通訊員，很少回到家裏來。他每天都是跑路，就是回到家裏，至多也是吃一餐飯，或者上半夜和妻子睡一覺就走了。

鄰居的人常常到他底家里來看他吃飯。林吉在一張跛腳的木櫈上坐着，只是吃自己底飯，并不向他們打招呼，他們自己也隨便找一張小木櫈來坐。大概這樣的小木櫈只有一張，其他的便背着門板站」。他們常常用咳嗽作一作聲，有的却半聲不響，也有把兩隻手交叉在胸口的。

這時候，林吉的妻一面向灶子里送草，一面給丈夫添菜。她用袖口揩一揩眼睛，便嬾散地向他們招呼一聲，大多是這樣說，

「大家吃過了？」

或者是，

「早？」

以後，她便微微的笑着，自己一個人踏出門口，兩隻手交絆在背後，背脊靠着牆，一隻脚站着一隻脚蹬出來。這樣，她留心地瞭望那遠遠的插在山堆上的一枝青竹；這青竹每天有人在那里輪流看守，倘若看守的人把青竹倒下，那便是敵軍來了。

趁着他的妻踏出外面，這許多人便向他問起一些祕密的事

「聽說，××落船出香港的時候，他的衞隊有十五枝手機關槍放在碣石，現在已經給我們掘出來了，那是在地底下掩埋着的；但是很奇怪，半點也不會生銹 不過有幾顆油珠在槍柄上粘着咧！——你聽過嗎？」

有時，他們也說，

「法琉山 有一條崔坡橋，你也走過的吧？近這邊，有兩架擺茶水的攤子，——喔，你也不曾看過，那里不是有一個歪了鼻子的婦人在走來走去的嗎？呸，你也跟人說是通訊員！有許多轎夫坐在那裏等客的，那攤子的下面有許多破碎的

電桿上的白瓶子丟在那里，你也不會看過。——十五天前，喔，不錯 十五天前，那裏來了一個營長，——從東海來的？那是一定！——喫，到了不走運的時候，不前不後，他一經過這裏，就恰碰我們的——喔，那班傢伙！——在那個鄉里吃了芋頭剛才出來。哈哈，鴨籠里還有隔夜的蚯蚓嗎！在那竹林裏捡出來，連人帶馬都牽到法琉山上。——哈哈，不多不少，齊齊整整繳十枝駁殼！你想得到嗎？他有八名護兵，一名馬弁，——用什麼機關不機關，這一營只消十二個人，三個空手的，兩個拿鋤頭，六個拿梭標，只有一個是帶着一枝不會響的土曲尺——我看過了，沒有你底那麼好；你那一枝是德國的，不是會連放？」

但是，林吉一面把嘴里的魚骨吐在地上 一面只是對他們把茅微笑 從來是不多說話的。

他往灶子上的銅鍋里再裝一碗飯，把筷子敲一敲桌子的破板，又吃起來了。倘若他沒有吃完飯——不，倘若他沒有離開這里，這些鄰居的人，總是非常喜歡和他一起的。一定的，他們又有話說了

「嘍，我問你，林吉！——有人說，一隻耳朵可以藏起三封信，這是可以相信的事嗎？我想，這信是細到怎樣？還有藏在眼膜里的，等到碰見敵人的時候，一定趕快裝做瞎子吧？」

「你說，我是瞎子！但是，你身上沒有帶布袋，也沒有帶銅鑼子，他們能夠相信嗎？」

「讀熟甲子乙丑的甲子花要緊咧！布袋和銅鑼子還是閒事！——哈哈哈…………」

們說到好笑的時候，林吉也就笑了起來；但是，他把煞尾的那一口飯咽下肚里之後，掉過身來又裝飯了。

「喔，老林，你一定不肯告訴我們的，——仙機不可洩漏咧——譬如，你的通訊員是給我當了——甚麼，我說譬如！——那時候，我要經過一個關口，好像黃土墩的茶店一樣，每天一定有許多敵軍在那里把守的，那末，你看我要拿出什麼計策呢？你猜啦，吻？——沒有什麼，單單一個觔斗！——甚麼，你倒說六嗎？通訊員永久只好帶信！送宣言，送傳單，這有什麼辦法呢？哼，一個轎斗，你看其中有幾條大竹管！不要說傳單，宣言；我要在那裏藏左輪，你有法子看出嗎？不過，我說，頭一回經過那個關口，是馱着一個轎斗；第二回經過那個關口，又是馱有一個轎斗，這樣有點不便吧了！要做轎夫是容易的事咧：我不能把屁股拉長一點嗎？——叻，老林，這全靠我們自己變化就是了，你說怎麼樣？」

林吉經過了許多的微笑之後，這才回答一聲，

「那是一定！」

三

林吉走路的時候，大抵是打扮做平常人的。他穿的是淺藍色的短衫，黑柳條的褲：左脚的褲放下來，右脚的褲却摺到大腿上去。

這一回，他的工作，是帶一個人從江萍到梅冷。這是一個担任政治工作的少年，非常喜歡說話。林吉告訴他，在夜間行走，連脚底踏到地上都不許發出聲

來，因爲，他說，

「敵人的尖兵，有時會把耳朵緊貼在地上，半里遠的步聲還可以辨別出來。」

但是，要是不能給他說話，他便時時的咳嗽着了。

從汀萍到梅冷，必須經過一處很危險的山坳，兩邊的山上有許多敵軍在那里放哨，林吉打算趁這天還沒有亮以前，走過那里的虎口。

「嘍——」林吉拉住那少年的手，把嘴巴挨近他的耳朵說：「你的脚——哼，你半點也沒有經驗！倘若你找不到實地便踏下去，你說翻一個觔斗就了事嗎？給敵人聽見了，你將怎麼辦？—

那少年正要發出聲來答應他，林吉已經給一隻手來掩閉了他的嘴。於是，他又跟在林吉的背後走了。

月亮早下山了，但是天空還有星光照耀、山坡上的樹林，在他們的前面顯出幢幢的黑影。平時十分沉默的林吉，到這里就變成靈精的狼，後面的少年，在灰暗的夜色中看出林吉的頭是不住的轉動着。他當心在辨別林吉先行的足跡。要是林吉突然停止脚步，他便嚇得突跳起來了。

「你，——」林吉仍舊把嘴巴挨近少年的耳朵：「你看住我吧——我現在要你蹲下去，你聽出了嗎？」

少年蹲下了，林吉却是向下臥倒，前面的樹木都從那清朗的星空顯映出來，林吉的眼睛，像尺子一般在打量前面所能看到的黑影。這時候，彷彿週遭已經絕滅了一切的秋虫，林吉的耳朵，全爲夜陰的沉默所穿透。

這樣的過了一會，林吉把脚尖的姆趾觸一觸少年的頸，叫他起來，林吉在他的前面，他又跟着走了。

但是，突然，前面響出了野獸的叫聲，

「口令！」週遭是更加沉寂了，然而，接着又是響出了一聲嚴厲的「口令！」

林吉往後退了一步，正要蹲下來，就聽見「撲通」一聲，後面的少年已經跌進左邊的水澗裏去。林吉腳把身閃開一下，前面的手電和子彈已經一齊射來，他只好趕快把身伏下，爬進附近的山坑里去隱匿着。

林吉隱匿的山坑距遇事地點幷不遠，那被捕的少年怎樣結果，他是聽得十分清楚的。

四

這一天的早上，大約是八點鐘的時候，林吉已經回到江萍，報告那少年的死事。一個"志倘然遭了意外，其實這算得什麼！橫豎這一輩子是準備拿「死」做出路的了。那負責的人，認為這樣的事情是十分平常的，對於林吉，不但沒有半點責駡，而且懇切地加以安慰。然而從此以後，林吉的心里便好像起了不可排解的苦痛，他的形狀是突然改變了。

起初，他決意向人尋問那個和他一同遇事的少年，是叫做什麼名字。他的神情好像變成瘋狂了。許多人因爲自己的工作太忙碌，都不同他說話。當他渡過區公所的門口時，碰見一個武裝的人，好像隊長，他立刻上前去拉了他底手，請求他答應一句話。

「嘍，兄弟，你一定是他底朋友吧？那孩子，要我帶他到梅冷去的，——你曉得他的名字嗎？」

「你看清楚了嗎？——你不是認錯了人？」

「哦，認錯？誰呢——不，我問你是不是曉得他的名字，你不能答應我嗎？」

他萬想不到對面的人，突然便生氣起來，撤了手；又掉過忿怒的面孔，叱罵着說，

「哼，你這王八！」

這時候，他底心里覺得突然受了一種痛苦的譴責，兩隻手抱着頸頓，隨即跌倒下去。他底頭非常沉重，面上烘烘的發熱。無論他是怎樣的想，那少年臨死時的各種叫聲，總是存在他的心頭、這樣，他便暗暗的惶急起來，因爲，無論如

何，他總沒有法子擲去這件痛苦的事情……

「口令！」週遭是更加沉寂了。

「口令！」

他往後退了一步，正要蹲下來，便聽見「撲通」一聲，後面的少年已經跌下水澗去了。然而，手電和槍聲一齊射來，他怎麼能夠在那里多站一刻呢？他已經伏下他的身，并且安全地爬到那山坑里去了；然而，……

「我不能跳進那水澗里去挽起他？倘若我到了他的身邊，他不會跟隨我從那水澗里逃出？——喔，我却自己先走了！……」想到這里，他覺得非常驚惶；他站起身來，又是跌倒下去了。

於是，他無論碰到什麼人都拉着，告訴他那一夜的事；當他說到他的朋友在水澗里給人挽上山坡去凌遲時，他自己假做一隻猪，用手掌當做屠刀，猛可地向胸口劈刺下來，於是，他從恐怖的嗓子里發出顫抖的叫聲，他立刻又跌倒下去了。

巷口的人，起初在他底四圍堆成牆堵，但是，誰都沒有聽出什麼，以爲碰見一個瘋子，就走開了。現在，他底邊旁，只存有幾個孩子。

「這一邊是樹林，」一個孩子挽起他那垂下的頭，捻開他那合閉着的眼睛；「那一邊是山澗，——喂，你剛才是這樣說嗎？——那末，你再叫：口令！砰砰！撲通！……」於是，他伏下身子從林吉的面前爬到背後；「喔，我却自己先走了，我却自己 走了！……」

「哈哈哈！………」他們都笑起來了。

五

現在，林吉在他家里的牀上躺着，他是病了。

江萍的同志到他底家里來看他。他本來是微笑着的臉孔，現在已經變得異常愁苦，而且比前枯瘦了許多。他一提起嘴巴便搖着頭。但他還是自己訴說自己底事，這却絲毫沒有改變。

「少的死了，大的却逃了回來。你說這是對的事嗎？」末後，他含淚的問。

「嘖！」這位同志却表示沒有這回事；「這是什麼呢！」

但是，停了一會，他忽然想起一個譬喻給林吉說，

「老林，我們現在什麼都不必說，我單說醫生的事給你聽。一個醫生，到某地方去給人醫病，但是病人已經快要死了，醫生沒有法子，只有眼巴巴，看住那臨死的病人在喘着氣。他說，『我是醫生，我是竭盡了我底能力來醫治你的，可是，沒有法子，你一定死了；我很難過，因爲，無論如何，我是不能跟隨你死去的！』你想，別人是不是可以說出這句話來責備醫生：『你爲什麼不跟着他死去呢？』——老林，你懂得我底意思嗎？」

然而，他便是說了再多一籮的話也沒有用處。林吉合了他底眼睛，提起嘴巴來又搖着頭問，

「但是，少的死了，大的却逃了回來，你說這是對的事嗎？」

其實，他現在所需要的是一種藥石般的責罰；對於認罪的人，安慰是沒有用處的。

一天過一天，他底病漸漸的沉重下去。他底妻，從另一地方探得那少年底姓氏瞞了一總的人、自己走到他們遇　的地點，焚香燒錠，望着山堆上放哨的敵軍，唸出那少年的姓氏來、替她底丈夫討魂，但是，這也沒半點效果！

隣居的人，依然常常到他底家裏。他們也曾說了許多的話，給林吉開心的。「哼，老林，——人家曉得什麼，也學人在夜裏走路，容易？」這個人，他是非常厭惡學生走到他底門口來演說的，一提起便譏笑那被難的少年；「嘿，燕洲吳石齡底事，你聽過嗎？——唉，讀兩本書，只會做蔴骨梯玩耍，出來幹什麼鬼？喔，那一夜，一個同他帶文件的人，險些兒也給敵軍做了。你說怎樣呢？那個交通員——帶文件的——走在他的後面，他說他底胆子很好，你有什麼法子呢？——那個地方，大約也是敵軍放哨的所在，右邊一條車路是直通東海的，從我們江萍到縣城也有一條車路通過那裏，那個山，原來是很小的，但是牠生在這兩條車路的總口，四圍又是很平坦的田園，站在那小山的頂上，可以瞭望到很遠的地方，敵軍也很有眼色，一來便爬到那小山上去放哨了。那孩子——吳石齡呢，剛才在老婆的褲肚裏爬出來的！」——他較有見識！他就提議了：『吻，這地方太危險！』又說什麼『不好兩個行在一起！』他底膽子很好，并且說：『我做尖兵，我先走過去！』那個交通員，姓李，——喔，將軍叫他李潭水，鷺鷥脚，壞了一邊鼻管的，你不曾看過？你叫他落火坑也不用加嘴的啦，其實那里沒有膽子呢！但是，要說他走在後面，這倒也可以！那時候是中夜一點鐘左右，吳石齡眞的先走過去了，——照公道說話，這褻丁兩條腿子倒也長得十分結實咧！——但在前頭等了一個時辰，便覺得不妥當起來，——原來他是和李潭水約定半點鐘後到前面的一座古墓相等的——，其實，他連一個時辰也等不過去——唉，叫這囊箕仔紙❶還未解完的孩子，自己一個人走近那座古墓，連魂都散了，李潭水還不曾走到，他心里一着急，便喊了起來——『潭水呀……潭水呀……』這樣喊着。但是，李潭水剛才在那小山下走過一條石橋，他聽見有人叫喊，一不留神便踏錯了一塊石板，『京——賈』的發出聲來，山上的敵人，到了夜里是散佈到隴畔上去巡邏的，那時候他們便立刻開槍了！……』

「以後呢？」另一個問。

「以後？！——你說這樣不是很危險嗎？」

停了一會，他又接着說。

「李潭水後來又是那個衰丁救了他，——嚇，誰想得到呢！」

「這是活該的，吳石齡聽見槍聲就走了，——那里四圍都是水田，吳石齡像一隻淦龜，在水田的泥漿里爬過去的，哈哈，這孩子，連吃奶的力都出完了！他走了四里多遠，穿進了一個鄉村，——新寮？孔子寮？那鄉村叫做什麼名字呢？喔，我忘記了！——那時候，敵軍還沒有開始搶鄉，四鄉都設有巡夜的人，在提防敵軍的偵探。各地的同志是約定了秘密的信號的，——你不曉得口令？但是吳

❶ 小孩子一兩歲死了，用「糞箕」盛着丟到野外去。這樣的事對於每個小孩子都是一種很刻毒的恐嚇。母親們常常向菩薩許紙（就是約定時期送給菩薩多少錢的意思），請求讓自己底孩子避免這「糞箕仔」的劫難，送錢給菩薩的時候，叫做「解紙」。「解糞箕紙仔」含有詛咒的意思，是罵人的時候用的。

石齡慌得口令都忘記了，『口令——』他聽得前面有人，心里着急起來，便向一個池塘撲進去，於是，全鄉的人把銅鑼敲動起來，集合了許多梭標隊，一面包圍着那池塘，一面派人帶劍子跳進水里去搜索，他們以爲吳石齡是敵人的偵探了！他們底銅鑼聲和喊聲引起了四圍的鄉村，四圍的鄉村也起了騷動。在那裏放哨的敵軍，至多也不夠一連，他們有法子在那孤介的山子維持下去嗎？——連屁股都丟掉了！李潭水便從他們的手里活活的逃了回來！」

「吳石齡在池塘里給人搠死了嗎？」又是另一個問。

「哈，我說到這裏又要失笑！你說吳石齡這個塗鴉，他是鑽進那里去了呢？——那池塘的岸畔，架着一架水車，有人準備在那裏踏夜車的——天旱，高的田已經開了裂縫——吳石齡便在水車的底下藏着，他們也沒有法子把他搜索出來。末後，李潭水走來了，他把大概的情形告訴他們之後，大家都曉得剛才是追了人，李潭水站在池畔，就把吳石齡叫了出來。——哼，還要叫，倘若我是李潭水，我一定給一把劍子結果他——留了他有什麼用呢？」

但是，這樣的故事除却增加林吉內心的痛苦，也沒有半點用處。當他們在談論的時候，林吉常常是不舒適地在牀上翻轉着，不然，便是緊閉了眼睛，或者睡着了。

有一次，在他家裏談論的鄰人，有一位忽然對林吉詰問着說，

「喔 老林，爲什麼你那時候不開槍還擊他們？身上的曲尺，不是碰見敵人的時候拔出來用的嗎？——哼，你這傻瓜！」

這時候，林吉却含笑地扳起身來，把那位朋友的手拉到自己的額上，對他說。

「你說得十分對！——你拿起拳頭來擊破我的頭吧！來，你聽我說，我要——」

於是，這位朋友假意在他的額上拍了一下，然而這使他很忿激。

「我要你擊破我的頭，一點也聽不懂嗎？……」

說着，立刻拔起了他的曲尺，許多人都驚慌起來，青了臉，連忙跑出了門口。

林吉底妻聽見了，隨即跑進屋裏去。然而，她只看見丈夫和那枝手槍一同在牀沿跌倒下來，她的耳朵受了一陣過激的震盪，立刻昏過去了！

中校副官

陀子頭南面相距不遠有一個小村莊、它像是靠着躲藏來維持自己的生命的鴕鳥一樣，緊密地躲藏在一片黝綠的松林里面，對於長城一帶的急急惶惶的戰事似乎取着不聞不問的態度。十日前，有三師左右的中國軍，不憚遠征地從別的方面開來、在陀子頭，只是經過而已，并沒有駐紮，但是也教 小小的市集騷擾地騷亂了三晝夜之久。這樣他們都向灤河方面出發去了，却在剛才所說的小村莊里設下了一個兵站。

這個兵站有它的極大的重要性，因爲它是直接隸屬於軍部的；軍部和平谷，密雲，薊均，高 等處的，軍的聯絡，憑着電話，短波的無線電，以及傳令兵的單車隊等等，在這里設下了很密切的交通線。軍部派一個中校副官在這兵站里負全盤的責任。

副官是一個稍近衰老的壯年人，——沒有鬍子，面孔很白皙，背脊有點駝，他不像一個粗俗的武夫，不像軍隊里所常見的人物．嘴里老是承認着自己是一個軍人，頭腦簡單，什麼都不懂，心里却目空一切，驕倨，自大，否認着世間所有一切的道理，——他的學力很好．軍事上的不用說，政治上•也很有修養。但是像另一種文武全才的人物，在普通人的行列里，時時露出自己是怎樣的壯健英勇，以及別的近似軍人氣概的特點，一到軍隊里去，却把所有的同事們都看作愚蠢無知，如牛似馬，自己却裝起斯文來了．——那也不是的。他對於比自己低下的人們，非常和藹，却并不憑着這一點去蔑視長官；爲着同情這些低下的人們而至於對官長抱着抗拒的態度，在他是沒有的。他承認長官在作戰的指揮上是怎樣的重要，并且，當一個將領指揮他底部屬去戰勝敵人的時候，——不要就說是戰勝吧，只要肯站硬着脚跟，讓自己的部屬在火線上和敵人比一比身手，不要發下退兵的命令就好了——將領就是一面神聖的旗子，標幟着民族的光榮，要在全世界的人們的面前眩耀的，……因此他十分地敬重忠的長官，——對于軍長，他是當爲偶像一樣的信奉着；軍長對他也很看重。別的人，他們有時會因爲和自己的長官過於親近之故而把長官的尊貴都忘掉了，他却不是這樣；軍長對他越親信，他是越能夠體認他的尊嚴。他喜歡當軍長不在的時候，對着別的人們傳述他（軍長）的許多令人感動的故事，而這當兒，他的態度是莊重的，他决不特別地顯示自己和軍長有什麼密切的別種關係的身份，——只是在這裏，他往往露出了自己的短處，就是過於愛發空泛的議論一些，而在他管轄下的人們，因爲曉得他這個人很好，有時候雖然也反駁他，詰難他，但從不會對他露出什麼不恭敬的地方。

——那麼，兵士呢，他們在作戰……上，不重要嗎？

遇到了這種發問的時候，他說，

——自然，作戰是全靠着兵士了！可是這樣說有什麼用？我們的軍長如果聽了這樣的話，他是要氣惱的，你們難道不了解他的脾氣嗎？他是一個很有自信的指揮官，他承認指揮官在戰鬥的勝利的把握上，有着極神聖的尊嚴，這是好的，因爲一個長官必須具有這樣的態度，如果我們把兵士的地位提得太高，……喂．諸位，有什麼用呢？我們的軍長，他是要負責的！

——你們看吧，他接着又說：當了一個主帶官的人，如果不明白自己的職位的重要，那就是一個草包！我們的軍長，他處處對自己的職位負責任，也就是說，他處處對國家民族負責任，如果他不懂得這一點，我們的民族就不需要這樣的指揮官，——然而我們的軍長，他是負責的。單是這一點，就值得我們的尊敬了！有一次，我和他兩個人騎着馬到野外去視察，他問我結了婚沒有，我也不好意思怎樣回答，——這時候剛巧要走過一條橋，他因爲對於這橋存着警戒心，竟然下馬了，這就是他的偉大的地方，……而我，當時還不大明白此中的意義，以爲他不敢騎着馬過橋 是一種懦怯的表示，——如果你們看到了這樣的情形，又覺得怎樣呢？大概都一樣吧？所以，對於自己的長官不能夠有着深刻的認識，這實在是我們當部屬的人的恥辱，——對嗎？勞司請你說吧！

他最看重勞司書，因爲勞司書是一個學生，他的年齡雖然比別的人都小，但是他做事負責，勤勉，而且很聰明。

勞司書，當然，他是這樣說了，

——是的，譬如一個人向東走 那麼他對於南，北，西三方面都逃避了。一個眞正的革命者，對於憲兵和偵緝一類的傢伙，是儘可能去逃避的。一個人趨向於大的成就，對於許多小的，就看輕了。一個勇敢的將領，爲着要把勇敢用在大的上面，——而不是用在小的上面；用在這一線和那 綫的作戰上，——而不是用在這一陣地和那一陣地的作戰上；用在這一民族和那一民族的決鬥上，而不是用在這一隊伍和那一隊伍的决鬥上，遇到了無意義的場合，把懦怯當作甲冑一樣套在身上，是必要的，而對於一切小的無須有的犧牲，都逃避了！

——說得好，不錯！對！副官嘉讚着．那麼，諸位也就懂了？沒有疑問了？

人們只好緘默着，因爲，如果再說，就 變成了論辨，在軍隊裏，論辨並不是一種好的習慣。

副官於是快活地——那白皙的臉上煥發着光彩，却不笑、如果笑起來、就要墜失了軍人的尊嚴；軍人的臉只能狗留存着忿恨和暴戾，而且應該是堅決的，悲苦的。

每天早上，他很早就起來了。他不怕寒冷，就是下雪，或是刮風，都不能阻礙他早起的習慣。他一起牀，總是很快地穿好軍服　綳好裹腿，像臨到了要出發——或者從軍長那邊接受了什麼緊急任務的時候一樣，一點也不懈怠、自始至終是那樣的緊張。這樣他獨自騎着馬到這村子的前後左右去視察了一週，回到辦公室里，這時候大概是五點三十分左右，於是打電話到空府台司令部的參謀處，從詢問中得到了「盧龍城前綫安靜如常」的情況之後，他對着煤爐坐下來，拿了一條鐵條子搗動着那已經冷熄了的煤爐。如果這時候，偷閑的勤務兵還是在別的角落里躲藏着不肯出來，那麼，他自己要在這煤爐里生起火來了，——他決不會爲着一點小小的事而激起了怒火，動輒就在勤務兵的身上大發雷霆。——把傳令班長叫來！

傳令班長進來了。副官點一點頭，還了他的敬禮

——今天能夠有五個傳令兵留下來嗎？

——報告副官長　昨天派出的兩個還沒有回來，一個新的還不曾把脚踏車學好，只剩三個了。

——這樣好。叫他們不要隨便亂跑！

傳令班長　去之後，於是叫無線電生。

——到此刻爲止，把接到的消息都拿來吧！

無線電生把電報拿來了，大概這電報只有一張，因爲從來電報決不能在電務人員的手里有三十分鐘以上的逗留。

——北平，×月二十一日　——無線電生唸：最近日蘇國交之危機，日蘇戰爭不可避免等等謠諑，甚囂塵上，——其流布於日本者既如此其盛，……

——喔，這是關於國際方面的了，副官說：這個消息舊得很，我很早就已經知道，……當然，所謂戰爭者到底是什麼？那是兩國，或者數國之間；在生命線

上發生了政治的經濟的衝突的時候，用以解決矛盾的一種方法而已，——就世界大戰說吧，……諸如此類的政治的經濟的矛盾，我們從遠東的歷史中也可以舉出同樣的例證：日俄戰爭的當時，日本把持大陸政策，朝鮮不用說，就是隔岸的滿洲，也想吞併他，以入自己的版圖；當時帝國主義者俄羅斯也同樣想在遠東求得出路，——從前面的例子來看目前遠東的形勢，日本和蘇俄兩國之間，有同樣利害的矛盾嗎？有這種政策上的衝突嗎？換句話說，使日蘇戰爭不可避免的原因，在目前日蘇兩國的關係上，已經存在了嗎？……

副官在這樣連串地提出發問的時候，他底溫軟的目光，莊嚴地對無線電生追視着，——往往是這樣，他從某一電報裏（順着自己的興趣）把捉到一個問題之後，一切的議論都集中在這問題的上面，甚至把別的電報都捨棄不管，大概這是一種記憶中的書本上的記載，要說明一種事件也許是足夠的，可是要說明講述這事件的人，就微乎其微；副官却喜歡這樣，——在這一點上，他確實表現了十足的書獃子的氣味，不過，這已經涉及他的性格上的那一面了，……對于這樣的國際問題的討論，如果無綫電生有什麽獨特的見解，那麽就參加進去也無妨——無綫電生，當然，他是對於全世界的排×運動很有研究的，他這麽說了。

——……我看，言論機關，當其作爲手段的時候，是非常猛烈的，一九一八年，十一月，休戰成立，同時英美言論機關也潑辣起來，漸次造成了排×運動的氣勢，於是反應在中國的新聞紙上，由一九一九年，五月，正當排×風潮最激烈的時候，英美的言論機關差不多全都負起了排擊××的任務，其中特別活動的，是北京天津的太晤士報，華北明星，益世報，上海新聞等等，……

在這會議應一樣的嚴肅的空氣里，如果勞司書那孩子也加了進來，那麽，他是要受一番試驗般的攷問的。

——今天的進軍，你想出什麽題目來寫呢？

進軍是軍部出版的小日報，小到只有油印的一張紙，勞司書自己一個人担任了作稿、編輯、寫鋼版，和油印的完全責任。

——我想好了。

勞司書依例是這樣說：

這時候，他還不曾洗臉，睞着惺忪的雙眼，軍服套在大衣的里面，合着大衣一起胡亂地披在背上，兩隻手掌互相磨擦着，前胸上露了出來的赭褐色的衞生衣噴着酵母般的酸霉的熱氣，他總是起得很遲，是一個貪睡的孩子。

——一個關於機關槍和掩撇部的（題目）吧？……我似乎聽見你說過了。

——不。那是「武裝的民衆到前綫去！」

空氣又變得凜然的了。

副官嚴肅地把着微笑，要知道，在軍隊里，這微笑是一個「不加懲罰」或者「嘉勉」的記號。

無綫電生於是敬服地望着勞司書的一張結實而英勇的小臉。——而勞司書這時候却緊張起來了，他在這個題目之下還有附加的說明，

——這文章寫出來，該是最雄健，最有刺激性的一篇了！他自己熱烈地鼓噪着。

——你打算怎樣開頭呢？副官似乎很能夠體會着文章上的風趣一般，說；我想，譬如振臂一呼，綿而皆起的氣勢，用起來倒是很確當的，——幷且有一個要點你應該提及，就是，民衆到底是怎樣武裝？所謂軍民聯合的游擊戰術，在目前的國際戰爭上，譬如，當我們的軍事勢力占××的優勢的時候，……那又是怎樣的呢？

——我想，我必須說，第一，中國的民衆是不可侮的，他們應該反省，……其次，中國的戰領，必須放棄過去狹窄的態度，充實民族意識，絕對負起領導民衆的責任，在火綫上，要像信任自己的部屬一樣，信任民衆，第三，兵士，不但在作戰上站在長官的前頭，幷且在意識，在勇氣，乃至在政治的把握上，都要站在長官的前頭！

——好的，副官果決地贊成了說；就、樣寫吧！寫完了，就拿來給我看，記得嗎？如果你把兵士的地位提得太高，……注意，那是要加以修改的，……

那麼，他接着就叫黃服務員，——

黃服務員是一個管理電油和軍械的勤勉而忠實的傢伙，但是他愛喝酒，這樣的性子，像着了魔似的，無論怎樣都不能改變。

——你給我問一問那汽車夫，——他說軍長的汽車壞了，……你少喝一點酒吧！喂……

黃服務員、無綫電生，兩個人一齊對着他敬禮、走了。

勞司書重又回到寢室裏去。他搖搖擺擺地，大衣的兩隻袖口在左右揮動着，一面踱着，一面哼着他自己的音節不明的調子，很有一點名士的氣味……

日本的飛機在這村子的上面經過兩次，擲下了一個炸彈，落在村子東南面的一個還未下種的旱園里，炸了一個很大的窟窿。盧龍方面，却是一天一天的轉變嚴重了，據望府台軍部參謀處的報告，從盧龍派到撫甯去的一團，合當地的保衞隊二百餘人，爲日本第十六師團蒲穆所包圍，由廿三日向晚開始激戰，到次日上午九時五十分，戰鬥結束，——全滅。中國的軍人現在正陷於一種非常苦痛的境地，他們像從運命里給註定了下來的敗北鬼，每一次戰爭的開始，以至每一次戰鬥的結束；這種慘痛的史實往往給寫在同一電報內里面，他們所演出的始終是一個悲劇，對於全國的民衆，是專用這悲劇去激動他們，而向來被稱爲低窪的中國民族——這也是命運的指使吧！——他們一生下來就給決定了：他們只好對着這悲劇痛哭，痛哭掩蓋了他們整個的一生，而他們的熱情對於這悲劇的支付卻永無限止，是一個發出悲痛的無盡藏的寶庫，甚至呈出了汎濫的狀態，——灤東的急訊，正如喜峯口，南天門和冷口等處的失陷一樣，是從一個可怕的巨靈所發出的連串的訊號，整個的中國民族，四萬萬廣大的人羣，每一次接受了這訊號的指使，每一次在那風聲鶴唳的黃昏的國境中作着絕望的可悲的喊叫……從北平方面傳來的消息，告訴這些在岌岌危危的火線上苦守着的戰士們，全國的同胞又鼎沸起來了，這充滿着悲慘的哭聲的鼎沸，對於那兵站里的嚴肅的工作者，也正如對於所有等待着民族的自信的愛國者們一樣，所激發而起的情緒是那麼的崇高而尊貴，每一次，到那報紙上的如火如荼的愛國運動的記載，副官，那可敬的勇士總是興奮地喊叫着，

——你們看，中國的民衆都起來了！廣東的抵貨運動還是由抗日會在領導着，南京，上海一帶沒有抗日會，却有幾次自發的學生運動在控制着。……——中國的學生，眞是中國民族的靈魂，他們無論站在任何一個人堆里面，都是這個人堆的精華，活力和推動者！我以爲學生運動只是一種幼虫，在我們的救亡的工作上，學生運動必須由幼虫變蛹、由蛹化蛾，才有希望，就是說，學生必須一個個離開了學生的本身，參入別的救亡的隊伍中去了，……如果過了一個時候，還是保持在他們學生自己的隊伍里，不會蛻化，就像這幼虫死了，它并沒有變成了在天空里飛着的蛾！……

或者

——你們聽見誰說，「中華民族是無望的」，你們就躲開了他吧，像遇見了麻瘋鬼的時候一樣，千萬不要受他的傳染！——這樣的人，他們說出來的道理是很多的，材料也夠豐富，有時候也像梁任公的飲冰室全集的行文，歎息着，哭哭啼啼，再悲切些就吟一首詩，但是那唯一的目的是什麼？無非要下一個這樣的結論，證明整個中華民族必至於死滅——如此而已！……你們應該確信，過了這個難關，中華民族的復興期就近了，——

如果一個人能夠爲自己的前途確立一種堅固的信念，卽使是模糊一點也不要緊吧，那麼，無論怎樣嚴重的艱巨都可以担當起來，——日本飛機的可怖的空襲是開始了，……這個一向安靜下來的村子，現在正受了非常慘痛的蹂躪，日本飛機的精警的鷹眼已經覺察了這村子的重要性，彷彿每一次把炸彈擲下，每一次都決定了這村子的運命。——村子的房屋給炸燬了一大半，——石砌的巷子爲了不勝炸彈的爆炸力的震盪，都裂開了，——女人們守着炸死的尸骸，鎭日地號哭着，——爲了避免被襲擊的目標，而至於一天到晚不敢在爐子里生火，每一個人都讓肚子餓着。兵站里的人員們受了這樣的威脅，除了躲在地窟里守着無綫電，電話等幾個通訊機關之外，幾乎把一切的工作都停止了，這樣，還不能使天空里一天到晚飛旋着的飛機減少了一點注意；他們也確實太驕縱了，就是看到一個農民的影子，也要任性地放下了三顆以至六顆的炸彈，而使這小小的村子在撲面而起的塵土和烟火中翻動着，……不過，雖然如此，兵站里的工作還是永不間斷．暴力的恐怖不能使這些勇士們的情緒低落半點。中校副官也比前英勇了，他對於同事們的推動沒有別的方法，只憑着堅毅而純淨的人格，以及他的嚴格而溫暾的可敬的態度。

隨着一種震破耳鼓的巨響的激盪，地殼立即起了一陣瘋狂的顫動，這炸彈落在村子東面的松林里，松樹連根都被拔起了，地上的積雪飛濺着，被炸斷的松枝像火箭似的往天空里直射，一陣灰白色的烟幕夾着土地的溫暖的氣息慢慢地浮動起來，盪漾在村子的四周，——村子里的愚蠢的老百姓們，還缺少認識這暴力的智能，他們在門縫里探着頭，有的竟然忘記了兵士們屢次的警告，為着滿足他們的可憐的好奇心，要看一看飛暴力所開挖的窟窿深淺如何，都跑出去了，甚至在那窟窿的旁邊聚集了一大堆。兵士們力竭聲嘶地喝止着，并且把槍口對着他們，幾乎要決然地放棄了對民眾施行軍事教育的責任。對於這樣的情景，中校副官，那溫暾可敬的少年長者可就要深深地皺着他的眉頭了，他一面歎息着中國民衆的愚蠢無知，而一面却憤恨着兵士們的野蠻和暴躁。

——這是中國的民族運動起得太遲了的緣故呵！如果早一點發動，我眞不相信中國的民衆還會這樣的呆笨、對於戰爭是一些也不懂！……

有一次，一個年幼的勤務兵受不起炸彈巨響的震嚇，躲在粮服部的倉庫裏，蹲在地上，身上用五張棉被蓋着，給一個少尉服務員知道了，少尉服務員把他抓到中校副官的面前，報告了他所看到的情形，中校副官撫摸着那小孩子的頭愷切地問他說，

——怎麼，你是這樣怕死的麼？

——我……我怕！……勤務兵回答說，顫抖着嗓子

但是他錯了；他以爲這樣說會得到中校副官的憐憫，却不想這時候中校副官突然臉色上起了嚴重的激變。

——混帳！住口！我不准你亂說！——他伸出一隻手，抓住了勤務兵的一個

耳朵 并且嚴重地把耳朵搗動着。——記得嗎，如果下次再這樣，我就槍斃你！

旁邊的人們都凜然地肅靜了，在中校副官對於那勤務兵的簡短的責罵中，人們不能不嚴酷地檢驗自己的靈魂的强弱。當然，戰爭是殘酷的，中華民族的勇士，却不能不在這殘酷的戰爭中，——爲着寶貴的勝利的奪取而賦給這慷慨赴死的身心以可歌的壯健和優美。

……在這些日子中，盧龍方面的戰況是日趨危緊了 盧龍，那均齊，優美而帶着黝黑色的古城，展佈着忍苦的齒，在沉鬱的雪天里顫動着，——一天的早晨，東方的低壓的天空，那陰慘，濃重而失去了光澤的氣體，在初昇的旭日的迫射中，漸漸地緊張起來，變得很薄，像一塊玻璃似的透明，而卒至於透過了新鮮的陽光；這是 個富於大陸氣息的神祕的晨曉，沿着灤河的岸畔向北上溯，那崢嶸，美麗的山岳却還是深居遠藏，在乳白色的霧靄中，口露出了蒼鬱平淡的一線。雪是在昨天晚上就停止了，凜冽的寒冷却還是無所底止地 下沉澱着。盧龍城東面的郊野，隱隱地發射着連綴不斷的機關槍聲，每逢那沉重的砲聲一響，盧溝城上面的平靜的天空總是痛楚地起着痙攣的抽搐，接着又紅光一閃，盲目地落下那殺人的巨彈，——在這緊張而幾乎要崩决下來的火線上，氣餒而力乏的中國軍，他們的苦鬥似乎只能夠盡一點掩捺或控制的作用，他們，從早上兩點起，就開始向灤河以西實行撤退了；夜的翅膀是溫暖的，它偏溺於一種祕密的姑息和防護，使那殘下來的中國軍，在這嚴重的戰局中取得了安全的退兵線，他們為着執行長官的命令而設置的最寶貴的機構，也賴以保存……

突然，槍聲在灤河的岸上發作了。

灤河以西的中國軍，除了大部分遠遠地向望府台方面撤退了以外，全都躲在灤河西岸的掩閉部中；他們用機關槍向那灤河以東的沙灘上蔓佈着而進行撤退的中國軍射擊，制止他們的接近，掩護一連工兵在灤河橋上施放地雷，爆破灤河的橋樑，為這是上官的命令，灤河的橋樑必須在此時立卽加以爆破，要使兇猛的敵人在追襲的途中受了阻遏，而落後在灤河以東的中國軍的殘餘隊伍，無論多少，爲了戰略上的需要，也只好任其犧牲！……

激烈的戰鬥開始了、蔓佈在灤河的沙灘上的中國軍，現在全都臥倒、在沙灘上作着蛇行，接近着橋樑的先頭的部分，受了强烈的機關槍的掃射，都失去了自制的能力，高舉着的手和手里握着的槍起了分解，一個個的倒下了，用杉木和高粱桿荐成的板平的橋樑，他們也不能在上面再作一刻的攀附，都順着橋樑的左右滾進灤河的水中，——但是在對面縱起的隊伍又向着橋樑的這邊實行猛烈的進襲，在他們的後面、還積塞着無數的精悍結實的騎兵，而騎兵的後面，遠遠地和盧龍城相接的黑灰色的一線，也開始了急激的鑽動，晶亮的陽光照耀着他們身上懸掛着的金屬物，至使牠們發出銳利的閃光　并且交錯地互相輝映，……他們的進襲是可怕的，在橋樑的一端工作着的一隊工兵　終於給乾淨地掃清了，他們的無數的槍口都集中在工兵的身上、子彈在空中捲旋着，結成了鉄的急流，像從高趨下奔瀉着的流水，衝激着橋樑上的工兵的尸體，使尸骸在橋樑上起着跳動，——這當兒，灤河西岸的掩護部中，那最活躍的機關槍至少有五架左右，憑着戰鬥所必需的沉着和鎮靜，這些機關槍的射手握有充分的餘裕，而況這射擊的距離是太短了，他們一面從機關槍疾速地發射，一面監視着他們的目的物 甚至還可以叫他們所發射的子彈在每一目的物的身上取得了最平均的分配——這戰鬥從早上六點鐘起，一直繼續了兩個鐘頭之久。這其間，火線是繼續地展長着，因為那精悍，結實的騎兵決意把橋樑放棄了；却在進行着渡河……

兩個鐘頭過後，據望府台軍部所得的報告 灤河以西的隊伍已經確實地執行了把灤河的橋樑爆破的命令。所有的退兵也大部份都集中到望府台方面來了。中國軍在蔓山遍野的潰退着，日本飛機的[illegible]遠遠地一望，這一片向來為他們所熟習的白色發亮的土地，這時候該是發腐而茁發了菌類似的變成黑灰了吧，——那麼，他們的巨量的炸彈可還要毫無顧惜地拋擲下來，為着克盡摒除的職任。

日本飛機炸彈的轟炸是更加猛烈了，這轟炸線似乎決定在望府台附近的周圍，從望府台到野雞陀之線還是頗為緊張的，至與陀子頭，就較為和緩了——陀子頭兵站的工作人員們，慶幸着這平靜的一天，剛跳出了掩蔽 在中校副官的管束之下，為着彌補這幾天來的工作上的空白，他們的工作的緊張的情形幾乎突破了以往的最高限度。中校副官，憑着他的冷靜而沉着的情緒，他把所有大大小小的工作都注意到了，一個能幹的工作者在對於最繁冗的工作的處理中也保留了極多的餘暇，他們與奮地帶着一種暢舒而閒適的樣子，讓背脊比平時稍爲更駝些也不要緊，他是那樣活潑潑地，像一個有着多餘的生活力的小孩子，却一點也不暴躁，不動怒，他總是輕着步子，屏息着，偷偷地繞着那死釘在辦事桌上的工作人員們的背後橫渡而過，連一點咳嗽也沒有，碰見那些難以教育的低能的勤務兵的時候，總是招着手，叫他「來！」把他帶到另一個處所，嚴厲地訓斥着，

——你底「風紀扣」忘記扣了！

或者指責他們一點關於裹腿打得難看——諸如此類，甚至一點一滴的細微的事。

今天，一早起來，他照例打電話到警府台軍部參謀處去詢問戰況，不知怎樣，電話總是打不通，但是這件事在他底心中所引起的焦灼是極短的，當然，電話不通可以說是常有的事，只要打發一個通訊兵去巡視一下就行。而北平方面，

從無綫電傳來的消息，因爲數日來廣能的中國軍已經正式地對日本軍作壯烈的抗戰，正引起了極大的反響，就是上海，廣州，漢口等處的民衆，也開始了激烈的踴動，全國同胞的視線，正一致對滬東的戰局集注着，——中校副官，他感到了極度的昂奮，在全國民衆的激發和鼓舞中，他深刻地認識了軍人在一國中所佔的位置是怎樣的崇高：……趁着胸腔里的情緒正達到最高點的當兒，他把勞司書叫來了，暢快地吩咐着說

——給我寫吧！給我寫吧！今天的進軍，你應該有一篇最動人的文章，要把全國民衆對於這一次抗戰所懷抱着的熱望，他們如何壯烈地在呼號應援的情形，都詳細地，動情地轉告我們前線的戰士，對他們作一個最有力的刺激和提醒！中國的軍隊和民衆聯合的可能性，已經在戰鬥的實踐上證實了。——我要特別地指出，第一，日本是可怕的嗎？戰爭是必須逃避的嗎——快些，立即把答案寫下來吧！

——日本是不足怕的！戰爭是無需逃避的！

——日本的飛機是如何威猛，牠們總是一天到晚地爆炸我們的陣地！在火線

上，日本底坦克車充分地發揮了牠們的威力；日本底大砲，也連日對我們底陣地施行最猛烈的轟擊——膽怯氣餒的不抵抗主義者們總愛這樣問：我們是為什麼去抵抗的呀？

勞司青，他底面孔凜肅中帶着愉快的微笑，他是這樣鼓噪地回答了，

——是的，飛機，大砲，坦克車，凡是足以踩躪我們，殺戮我們的 日本都齊備了！但是我們却用不到這些，我們和日本軍的戰鬥只是肉搏！——肉搏！……

……肉搏所需要的只是一顆熱騰騰的心，殺敵的心，堅強不屈的心！這便是我們所憑藉的武器，中華民族的勝利和光榮，只有在這上面才給與顯著的證明！

——不錯！對！那麼，你把所有的問題都解答了！你趕快給我寫吧！但是你不要忘記一件事，就是，你應該最好在每一行都提及我們的軍長的名字，因為他在我們一軍中，是唯一的光榮的標幟！

這樣，在那熱情，虔敬，幾乎近於瘋狂的工作者——中校副官的影響之下，這兵站裏的熱烈而緊張的工作繼續下去，直到退兵的消息傳到之後，那才給澆

上了滿頭的冷水，——

傳遞這消息的是軍部的傳令兵，他這天早上八點從望府台出發，到達這裏的時候已經是午後二時左右。

軍部對這裏的兵站正命令着趕快結束，因爲依據軍部的預測，不出兩日，灤河一帶的中國軍的陣地，有被日本的飛機炸彈所糜爛的可能，隨着這新局勢的轉變，軍部所預定的防線，已經縮短到通州，……

副官現在敗退下來了，他的白皙的面孔變成灰暗，——他雙手在背後交絆着，低着頸子，在辦公室裏焦灼地，踏着沈重的步子，一來一往地徘徊着，顯得有點踉蹌的身體在那擠得很緊的寫字桌子之間磕磕撞撞，至 把上面的墨盒和紙筆之類也弄翻下來，他底溫暾和靄的樣子完全變了，簡直是非常的暴躁，叫勤務兵的時候，只是短促地一聲，如果聽不見，就不復再叫，却悲苦地帶着尋找鑿發的面孔 總是嚴酷地注意人家的短處和錯誤。他這樣獨自苦苦地掙扎了幾乎兩個鐘頭之久，最後是果斷地決定了；他騎上了自己的一匹棕色馬，匆匆地向望府台方而疾馳而去。

午後八時三十分，他抵達了軍部。

軍部分駐在好幾座很小的民房裏，爲着避免敵軍的空襲和砲擊，這裏所有的房子都看不到一點火光，只在內層的屋子裏點着洋臘燭，——軍長的隔壁住着參謀長。參謀長是個高個子，消瘦，蓄着一撮小鬍子，在一張有靠背的木椅上倒躺着，雙手交絆在腦後，面孔朝着屋頂，靜默地避免了所有一切的煩擾，全身一點也不動。中校副官踏進來了，向參謀長舉禮，一付堅硬的黑皮靴發出了極高的音響。參謀長很冷靜，似乎很早就已經覺察那進來的人是誰，却半點也不驚擾自己，對中校副官點頭還禮之後，雙手從後腦上拿了下來，這些動作都顯得格外的沉重，——他淡然地對中校副官詢問着，但是在未詢問之前就已經決定了自己底主意，——副官這時候對他說出了什麼都不會發生任何意義和作用，——

中校副官於是又見了軍長。

軍長是一個又高大又强壯的中年人，臉很長，像馬的臉一樣，說話的時候，鼻兩翼在扭動着；這一點和馬更相像。態度很和謁，並且似乎沒有什麼頑固的成見，那情調較之狹窄帩嶙的參謀長，的確有很大的差別，——

副官現在用一種最誠懇的態度說，

——沒有一個中國的同胞不對你抱着熱烈的希望，——在盧龍指揮作戰的將軍是誰呢？我們祝禱他不是×××不抵抗主義者的同胞骨肉兄弟！他憂慮着些什麼？糧食和軍餉，我們是有的，我們幫助他、供應他，甚至連人都可以讓他編入自的隊伍中去，只要他是勇敢的。他能夠負起保衛民族國家的責任！這決不是一個人的胡說，是全國民衆一致的要求。中國民衆的意志是堅固的，並且中國民衆在國家民族的大事上從來不曾表現過他們的無知和愚蠢，他們有着一致的明確的意識，他們絕對地信賴，並且擁護能夠抵禦外侮的將軍或領袖。……

——你以爲我應該怎樣辦？軍長簡短地問。

——你應該統率所有的部屬在原來的陣地上固守！

——不，我的命令已經下了，從明天起，我們要向通州方面實行撤退。

——我知道了，軍長，憑着我對你始終如一的敬愛和忠誠，請允許我在你的面前提出這個發問。

——儘管說吧，我信賴你。

——我要問你爲什麼退兵的理由！

——唔，這有什麼，只不過爲着戰略而已。

這當兒，副官痙攣地顫抖起來了；他顯然有着不能遏制的怒火，那是一個忠貞而壯直的人所常有的，——他整個的身體都變態了，眼睛皺成一條狹小的縫，對軍長作着可怕的追覷。

——爲着戰略？戰略？——他底上下碎的牙齒在肘肘的鋸着；——戰略教你把國家的領土放棄了？（於是暴烈地）這是放屁！這是胡說！

空氣突然地嚴肅起來了。

軍長，他底身體在坐着的行軍牀的邊沿上稍爲倒退了一下，——他拔出了手槍，用銳利的眼光沉默地對副官底死灰色的面孔注視了三分鐘之久。

軍長於是厲聲地對着副官怒吼。

——倒退三步！舉手！

就在這當兒，他開槍了，——槍口的紅光在只點燃着一枝洋蠟的灰暗的屋子裏一閃。

副官應着槍聲倒下去。

門外的衛兵都迅急地衝進來了，有三枝手提機關槍對那躺倒着還在掙扎的黑影瞄準，但是軍長却加以制止。

參謀長跑進來的時候，他問

——什麼事？

——沒有，軍長冷冷地回答；這左輪壞了，走火！

說着，他蹲了下來，讓副官底上身靠在他底稍爲屈着的大腿上，用電筒檢查副官左胸上染着血汚的創口——他底面孔是沉鬱的，幾乎表示了最虔誠的悲哀和追悔。副官則仰着慘白的臉，睜得圓而且大的雙眼，發射着黃色痛楚的光餤却沉默地，堅强地把上下脣緊緊地合閉着……

就在這個晚上，大約是九點鐘左右，從望府台遠遠地可以望見盧龍城上突然發現了衝天而起的烟火，隱隱地可以聽見機關槍聲和手榴彈的爆炸聲、更遠一點，大砲的隆隆的聲音也發作了，爲了不能渡河而還留在盧龍城的中國軍，現在正和日軍進行着必死的决鬥

望府台方面，軍部所得的報告却是，

——盧龍城突然有一枝强勁的中國援兵開到了，……

這「援兵」確實是「强勁」得很，經過了一夜的殘酷的掙扎，他們終於擊退了日本軍。

當然，軍部所下的退兵命令顯然是一種不必要的過慮；第二天，軍部拍給北平方面報告戰况的電報是這樣說，

——本軍据守灤東一帶，當抱戰死不屈之决心，不使喪失一寸一尺之土地！

慈善家

當太陽高照着的當兒——慈善家，那老頭子吃完了他底快活的中飯，想着第一個兒子在遠地的軍隊裏從一個錄事升上了軍需，不是的吧，也許是一個書記，——而第二的兒子是比那第一個當書記的還要堅定些，總之，就是問一問他底第三的兒子也好，都已經長大了，而且恰恰是有了成就。……這時候，南風兒夾帶着新的禾苗的氣息，悠悠地向他底身上吹來，將他底剛剛爲了吃飯而把熱度升高了的身體揉拂得一片涼爽。他也不氣惱，平心靜氣地罵了一聲南邊他的短工，並且對於那個曾經借過了他底錢後來卻反而比他站得更高的一個叫做什麼的賭鬼，也懷下了深深的仇恨，於是把兒媳婦們或輕或重的分別教訓了一頓。

他底屋子位置在這村莊的南邊，是一座舊的但是好些重要的部份都已經一步一步修整了的半新的矮屋子，在這個小小的村莊裏，這矮屋子短暫地答應着對別的許多屋子的友好，好像說，你們是多麽的窮酸呀，不過，我也一樣，而牠底主人，那老頭子的氣態和牠正也有所吻合。他曲着背，肩膀後面的故舊的筋肉高高的起着脊稜　作着什麼都像受着極度的追迫或阻害的無可奈何的怪樣子。但是另一面，他要呼吸得比這村莊裏所有一切的人們都舒暢些，——當他從那矮屋子的門口踱了出來的時候，他爲了肚子發剛才多受了　番消磨，週身正衰疲得像一隻將死的狗，那末，他底心裏究竟懷着多少碎碎屑屑的奸計，自己也樂得由它一團蒙糊。這時候，許多的小孩子，牽着他們的牛——這些一輩子不懂得祖先的來蹤和自身的去路的畜牲們，生活在一個最毒的殺身的鬼計裏面、却佔據了人類所有的空間，把兩片堅硬的蹄子在那石砌的路上踏得比誰的脚步都要響些。這一隊行列從他的身邊經過了，他的心裏給震驚了一下，這震驚，一忽兒便過去了。那一下子給裝滿了强暴的蹄聲的耳管，正又開始了受着別的騷擾。——

孩子們嘈嚷起來了，他們問他要不要鳥兒，那末他就順口應答了他們，這語氣兒惡，厭煩或者虛假——不過這些都不必加以聞問。

「你們有鳥兒嗎？」

他並且還要對孩子們反詰着。

「好得很呀！」孩子們爽快地回答：「明天吧，明天就有了！」

孩子們把牛牽到不遠的草埔上，放縱了這班牲畜，於是一齊地集中到附近的樹林裏去。

這樹林裏突然罩上了嚴重緊張的空氣 開始發出了一片恐怖的噪音，那綠葉子縮瑟地顫抖起來，終於搖動了全部的樹梢。孩子們的迫切勇猛的企圖，窮盡了所有的效率，圍攻着這樹林裏所有的新鮮活潑的生靈，結果，他們捉得了一隻斑鳩 而這斑鳩的生命的留存 却不能不陪襯着巨大的震驚，損害和傷亡。

那最初墜入了可悲的窮途的，是一隻純良，樸質的白頭鶯 ——牠底身子很肥胖，披着黑灰色的毛羽，却貴質在那毛羽的端末襯着淺藍色的織紋，兩隻小小的脚兒是紅色而且透明，像蔵的刀識細又精巧的葉柄，頭上載着粉白的帽子，黑眼兒的邊緣、像女人所有的首飾、嵌着一線薄而貴重的黃金。牠所站立的據點要選定在那最細的樹枝上面，突着那白色的豐滿的胸脯，學着一個有教養——但是幷不能把青春完全地拋棄了的少婦之所爲，到了一個空寂無聲的場所，不免要做出了一點破壞格調的令人愛悅的舉動。牠於是吱吱的叫了起來，那襯着淺藍色的纖絨的毛羽，每一片的尖端上都輕微地起着顫抖、這顫抖在最快的一忽中就達到了最高的次數。牠底聲音是那樣的宏亮而且成熟，和牠的幷未衰老的年紀似乎有點不相稱，牠的體態卻又是太輕巧了，像一位笨重肥胖的太太，遇到了非跳躍一下子不可的當兒，她得諮實，這種種的含有着人生的深奧的意義的一切，要是令人驚異，那才是一段不可理解的奇聞。——：這裏、有一個小孩子，正是那孩子們中的一個，他底面孔給太陽焙炙得像一塊黑炭，完全喪失了人類爲一切的感覺所喚起的表情，他體格雄健，穿着濱海的漁民們所愛穿的自行染製的赤色可怕的怪衣服，這是一個奇特的有意做成的軀殼，這軀殼裏躲着的靈魂、總之幷不比別的靈魂怎樣的不奸狡或者蠢笨，在那額角下開着的兩個黑洞子——這裏正透出了一雙敏銳莫測的黑瞳。他躡足輕步的走上去，人類對於自然，果然是取着殘酷無情的戰鬥的形勢，一種獵獲品所加於戰勝者的益處，正如盈篇累帙的史書的所載，是那樣的廣博，高深而且巧妙。——這時候，小孩子正張開了一付短弓，把箭尖對着那一片羽毛和這一片羽毛之間的淺藍色的織絨，那小靈魂必定用了一點小小的機警，使這人類征服自然的前哨 多受了幾次的折磨，養成了更可驚的勇猛。——他似乎得到了一種啓示，覺察了一種陰謀的暗襲，於是匆促地逃逸了，從那一條輕嫩的細技逃過了這一條，帶着那溫暖地給包裹在那豐富的毛羽中的靈魂；當牠偶一回過頭來向着小孩子的箭尖窺望的當兒，小孩子的晶亮的黑瞳兒正發射着銳利可怕的兇燄，而別的許多的孩子們，正也一樣忙碌地在追尋着他們各自的目的物，嚴肅地學着兵隊的沉默，取着縱橫交錯的不同的方向，幾乎要和他互相碰撞——那白而驚的影子突然在他的黑瞳裏擴大起來，牠伸着頸兒，張開了那黑灰色的翅膀，……小孩子颼的把一箭發射了，不偏不倚，這一箭正貫穿了牠的蓋着白色毛衣的胸膛！

從另一方向出發，另一個小孩子的勇猛和殘暴，正也在這時達到了最高點這小孩子所追襲的是一隻比那白頭鷲更加美麗的小鳥，牠巍然地站立在一棵松樹的向下低垂的枒枝上，身子是比那白頭鷲要來得高貴而且清瘦，頭上載着尖頂的貴重的冠冕，有一付赭褐色的嘴，那嵌在眼睛的邊緣上的是一線碧綠的絨毛。牠的背上的毛羽是作着豔麗的青色，其中還繪着赤色的斑紋，像一隻從遠海飄來的從未看到的貝類——這是一個偽造的從一種幻想中取得模倣的無靈魂的物品，就是毫無自主地墜入了一種殺身的災難，也要在這一種聖潔的愛護中留存了晶瑩的軀殼，……注意着　一個不留神，就要把這晶瑩的軀殼碰個粉碎！牠神祕地察看着四週，嘴裏唧唧的叫着，像受了一種魘術的束縛和驅使，牠要悄悄地向誰人的面前訴說，請求着給與一些憐憫，要不然，牠的神態越發美麗，而牠底必將到臨的厄運，就越發無從挽救。這是一種火的燃燒的極端短暫的過程，手也不能把捉，情意也不能叫牠多所停留。這時候，他彷彿得到了一種啓示，覺察了一種詭計的暗襲，牠底晶亮的黑瞳裏必定起了一種沉鬱的陰影，——不過，這一切都是死滅以後的記錄，牠不能樣樣都單憑自己的感覺去理解；一種殺身的暴力的來襲，最初就必先叫牠的智慧上了枷鎖，就是要張着嘴高喊，也難以突出這精巧的非戰鬥的手法不能消解的重圍。……小孩子正從不遠的地方窺伺着牠，而他底手裏所握着的是一顆鵝蛋大小的石子，可憐他底技藝還脫不了原始的簡單的方式，要想把牠活活地捉在手裏，當作一個活的寶物，那未免是一件過於優美的企圖。他一舉手，投出了那鵝蛋大小的石子；那近於幻想的華貴的鳥兒從那高高的松樹上跌落塵埃，牠底小小的腳兒還在死命地抽搐着，但是那貴重而脆弱的翅膀——卻已經折斷，……

這之間，第三個孩子對於一隻小靈魂所暗懷着的毒計也正在施行，這是另外的一隻，并不像以前的……有着那麼豔麗華貴的毛羽；牠的貌醜陋，顏色單純，像一個不帶衣物的無賴者，卻同樣的令人注目　牠有着豪爽的氣態，靈巧的唇舌，不但唱着自己的俚歌，而且學着鷹的呼嘯，狼底號啕，——也是那樣的活潑，生動，在那叢密的濃蔭里流竄不歇，彷彿是這座樹林的脈膊，有了牠，這座樹林將透出那沉鬱壓抑的氣息，要在那廣漠荒涼的原野里建立了音響盈耳的熱鬧的世界，使一些潔身自愛的寄生者們也要承認自己幷不是和一切的醜惡絕然無關；到了牠們也作爲一種材料，和別的舊有的材料一起，在生物界的語言中讓人喋喋不休的當兒，究竟那一方應受無情的鄙薄，恐怕其中揭發這成辯護那的憑證，也就不大有用！……小孩子正用了比別人不同的堅毅，捨不得把這可愛的獵取物一手放棄，他對於那流竄不定，不便捕捉的小靈魂也不覺得厭倦，還是緊緊的在牠的背後尾隨着，在那縱橫交錯的樹枝的密條里，他發瘋了似的紆迴曲折的亂撞亂碰，——忽而北，忽而南，忽而西，忽而東，把這東西南北的方向攪動得無所憑擇，而那不幸的小鳥，恐怕也正在這時候，感覺着心裏不很清爽，有點糊混。——小孩子的緊張的情緒突然停止，像一條中斷的繩子，爲着加上了最後的一點重量，……這是第三幕的慘劇的終止，那小靈魂猛然碰在一枝橫斜着的樹枝上面，撲的一聲落下了；牠張開着那黃色的像苦竹兒一般佈滿着斑點的嘴，一絲絲吐出了些兒的鮮血，些兒的白沫。

現在這座樹林已經墮入了巨深的恐怖，塗上了一重極濃的悲慘，小鳥們除了那遇害的幾隻，其餘的負傷，飽受了驚慌，拆散了溫暖的家室，破滅了居處的安寧，惶亂地逃到別處去的，正開不出這一筆糊塗賬！

但是在這樹林裏的另一個角落裏，有一隻逸樂，怠惰，連自己的家也不願蓋好，帶着滿頸子的紅紅綠綠的珠寶，鎮日裏「咽咕——咽咕」啼着的斑鳩，却靜悄悄坐享了這樹林里的許多悲慘的史事中所支付的代價——牠彷彿聽見了一聲聲的震盪心靈的啼叫，那是富有着攫奪或誘致的功能的異性的蠱惑，一首長音節的抑揚不定的短歌，它播送着一種幸運的來臨，要使柔情的屈服者依據着空氣裏的每一個小環的結集，向着那隱約，縹緲的處所漸漸地追溯到底，猶如鋼鐵之於磁石，那唯一的方向，無非是要消滅兩者間的距離。——在那不遠的地方，牠發見了，那是一個銅絲編成的奇異的籠子　它懸掛在一條并不怎樣高的胡桃樹的枒枝上，爲別一個孩子所看守，……那籠子的裏面，住着一隻年少美麗的斑鳩，牠依然「咽咕——咽咕」的嗝叫着，那帶着華麗的珠寶的頸兒一伸一縮，圓而豐滿的下身作着一種令人窘惑的舞動，似乎是不斷地對着那可憐的冒失鬼下以警告：凡事不再三思維，失足是自己的過錯，也只好自作自受　但是那熱情高漲的來者所聽得的却并不是這，這裏本來就失去了明顯的因果性，胆怯而虛僞的色情者對於他的對手就常常愛說：我承認了自己所走的是可怕的岐途，然而使我走入了這岐途的却是你的責任！——這裏的時間不能有一刻的延緩，那匆匆的來者一踏上了那籠子的門口，觸動了機關，撲的一聲，就給關進了那籠子的裏面。

第二天，在村莊的南邊的矮屋子的門口那邊，這裏是那舒暢地生活下去的老頭子，而對面，正又是昨天和他相碰的那些看牛的小孩，此外就是那一隻活的斑鳩。——老頭子交給那帶着斑鳩的小孩三個銅板，似乎還對他讚揚了一頓，於是把斑鳩接在手裏，高舉着，一縱——那斑鳩像聽受了一道尊貴的命令的打發，揚長的飛去了，牠不知什麼時候會覓得精力的疲憊呢——牠的背上正累積着巨深的恐怖和笨重可悲的運命！

老頭子於是怪聲地笑了 拍着手，未必剛才染上了塵土，現在拍一拍，就又變成了潔淨！

孩子們嘈嚷起來了，他們依照着以往的口吻，問他要不要鳥兒，——

「喔，還有——？」他驚異着。

「多得很呀，」孩子們爽快地回答 「明天吧，明天就有了！」

版權所有·不許翻印

七月新叢

第七連

著作人：東平
編輯人：胡風
發行人：屠棘
出版者：希望社　上海郵局信箱四一七六
代發行：生活書店　上海重慶南路六號

一九四四年二月桂初版（一——二〇〇〇）
一九四七年六月滬再版（二〇〇一——三五〇〇）

民国首版学术经典丛书

留欧外史（第一辑上编）
清代学术概论
中国目录学史
理学纲要
中国殖民史
白话本国史（四册）
近代中国留学史
五十年来中国之文学、论文杂记
历史研究法与中国文字变迁考
苏曼殊年谱及其他
中国商业史
妙峰山
中国文字学史（上下）

民国首版文学经典丛书

新月诗选
火灾
我们的六月
红的天使
红雾
未完的忏悔录
生死场
云游、志摩的诗
徐志摩选集
休息、给予者
迷羊
第七连
弘一大师永怀录
石门集
飞絮
鲁迅杰作选
胡适留学日记（四册）